CB133939

Ingênuo. Super

Erlend Loe

Traduzido direto do norueguês
por Guilherme da Silva Braga

EDITORA

"Anybody who rides a bike is a friend of mine."
Gary Fisher

A PAREDE

Tenho dois amigos. Um bom e um mau. E além disso tenho o meu irmão. Talvez ele não seja tão simpático quanto eu, mas assim mesmo é um cara legal.

Estou no apartamento do meu irmão enquanto ele viaja. É um apartamento legal. Meu irmão tem um bom dinheiro. Só Deus sabe o que ele faz da vida. Não acompanhei muito bem a história toda. Ele compra ou vende coisas. E agora está viajando. Ele me contou para onde ia. Eu anotei o nome do lugar. Talvez fosse a África.

Ele me deu um número de fax e pediu que eu mandasse faxes de mensagens e correspondências. Esse é o meu pequeno trabalho. Um trabalho simples e suportável.

Em troca eu posso ficar aqui.

Gostei disso.

Era justamente o que eu precisava.

Um tempo para deixar a poeira baixar.

Minha vida tem sido estranha nesses últimos tempos. Chegou um ponto em que perdi o interesse por tudo.

Completei 25 anos. Faz umas semanas.

Eu e meu irmão jantamos na casa dos nossos pais. Teve comida boa. E bolo. Conversamos sobre tudo um pouco. De repente me surpreendi ao ver que eu estava criticando os meus pais por não terem me forçado a praticar esporte em alto nível. Foi totalmente despropositado.

Falei coisas estúpidas. Disse que hoje eu podia ser profissional. Que eu podia ter uma excelente forma. E dinheiro. Passar o tempo inteiro viajando. Tive a péssima ideia de dizer que é culpa deles que eu não tenha feito nada e que a minha vida seja aborrecida e desinteressante.

Depois pedi desculpas.

Mas isso não foi tudo.

Na mesma tarde eu e o meu irmão jogamos croquet. Não fazemos isso com muita frequência. Nosso antigo kit de croquet tinha apodrecido na despensa. Fomos a vários postos de gasolina até encontrar outro. Meu irmão pagou com um dos cartões de crédito dele. Depois medimos as distâncias e colocamos os arcos e os pinos no jardim dos nossos pais. Eu fiquei com as bolas vermelhas e o meu irmão com as amarelas. Não sei se eram as cores que a gente costumava usar na nossa infância. Não lembro.

Começamos a jogar e no início tudo estava dando certo. Passei logo pelos dois primeiros arcos. Ganhei tacadas extras e continuei. Eu estava com tudo. Passei um bom tempo sacaneando o meu irmão e larguei minha bola vermelha atrás de uma árvore e fiquei só esperando por ele enquanto eu ria e falava bobagens. Mas de repente fiquei arrogante.

Quando meu irmão começou a olhar para o arbusto, a história toda já tinha perdido a graça fazia horas.

Eu sabia no que ele estava pensando.

Isso tudo pode ser desnecessário, claro.

Mas eu sabia que o meu irmão não daria a mínima. Ele apoiou o pé direito na bola dele e a direcionou para o lado em que achava que a tacada poderia causar mais estrago. Passou um bom tempo mirando em direção às bordas do jardim. Ao fim do jardim. Onde a grama deixa de ser grama e vira musgo. Fez dois ou três movimentos preparatórios. Para ter certeza de que poderia maximizar a força da tacada, e também para não acertar o próprio pé, o que seria uma humilhação completa. E então jogou minha bola para dentro do arbusto grande. Jogou minha bola vermelha fundo pra caramba naquele arbusto. Até o meio do arbusto. Bem lá onde o sol nunca brilha.

Foi uma tacada realmente incrível. Não critico o meu irmão pelo que fez. Sem dúvida eu teria feito exatamente a mesma coisa.

Mas a minha reação. Foi isso o que me surpreendeu.

Meu plano tinha sido o tempo inteiro jogar de um jeito simples e covarde. Eu pretendia ficar perto do último pino e fazer de conta que não queria nada para de repente acertar a bola do meu irmão e jogá-la a uma distância que ele nunca tivesse imaginado possível. E se errasse eu estaria a salvo, porque ele ainda não tinha completado a volta. Mas se acertasse, eu jogaria a bola dele contra o pino a muitos quilômetros por hora, e completaria o espetáculo respondendo com um não quando ele me convidasse para jogar outra partida.

Mas tive que simplesmente esquecer tudo isso.

Eu tinha errado demais. Meu irmão tinha me sacaneado e a minha bola vermelha estava debaixo do arbusto grande.

Não desisti. Eu ainda podia me recuperar. Planejei jogar a bola dele para baixo do carro. Essa foi a única coisa que me manteve no jogo. Vê-lo furioso. Ver a bola dele presa de um jeito ou de outro debaixo do carro. Vê-lo rastejando de quatro, ou se arrastando de barriga, para que acabasse todo sujo e começasse a praguejar.

Mas primeiro eu tinha que tirar a minha bola do arbusto. Levantei as folhas e dobrei-as para o lado. Depois acendi uma lanterna. De um lado para o outro, no meio do arbusto grande. Lá dentro eu consegui ver a bola. Era impossível notar a cor vermelha, mas sem dúvida era a minha bola. Claro que o meu irmão começou a rir.

Coloquei a lanterna na boca e entrei mais um pouco no arbusto. Tudo estava molhado, e a temperatura não devia passar de uns poucos graus acima de zero. Eu tinha odiado aquele arbusto durante a minha vida inteira. Logo eu daria a minha tacada. Fiz pontaria. Tudo ia dar certo. Eu estava convencido de que era uma questão de segundos até eu estar mais uma vez na frente.

Eu tinha que ganhar do meu irmão, aquele demônio.

Mas precisei de três tacadas para sair do arbusto. E enquanto eu estava lá, tirando folhas e terra de cima de mim, ainda com a lanterna na boca, meu irmão acertou minha bola mais uma vez e me mandou de volta para dentro do arbusto.

Esse é um dos motivos para eu achar que o meu irmão no fundo pode ser menos simpático do que eu. Eu não teria mandado a bola dele duas vezes seguidas para dentro do arbusto. Uma vez, sim. Mas dificilmente duas.

Acendi a lanterna e mais uma vez tirei a minha bola do arbusto. Quando meu irmão tentou me acertar pela terceira vez ele errou, enquanto eu o acertei. Mas quando eu ia jogar a bola dele para baixo do carro não acertei direito a tacada. Deve ter sido o excesso de empolgação. Depois disso o processo foi curto. Ele jogou a minha bola contra o pino e o jogo terminou.

Passamos um tempo batendo boca. Eu o acusei de ter trapaceado, lemos as regras e continuamos batendo boca. Eu disse umas coisas totalmente impróprias.

Por fim meu irmão perguntou se eu estava com algum problema. O que você tem?, ele perguntou.

Eu estava prestes a dizer que não tinha nada, mas de repente senti tudo se agitar dentro de mim. Foi uma sensação muito forte e muito nojenta. Eu nunca tinha sentido nada parecido, e não consegui dizer nada. Em vez disso me sentei na grama e fiquei balançando a cabeça. Meu irmão chegou perto e sentou-se ao meu lado. Ele pôs a mão no meu ombro. A gente nunca tinha sentado daquele jeito. Comecei a chorar. Fazia anos desde a última vez que eu tinha chorado. Aquilo deve ter pegado o meu irmão de surpresa. Ele me pediu desculpas por ter sido tão brutal durante o jogo.

Nada parecia fazer sentido. De repente.

Minha vida, a vida das outras pessoas, a vida dos animais e das plantas, o mundo inteiro. Tudo parecia sem nexo.

Eu disse isso pro meu irmão. Ele não tinha a menor condição de entender aquilo tudo. Mas se levantou e disse, vamos lá, essas merdas acontecem, tudo vai ficar bem. Ele tentou me pôr de pé, me deu um soquinho de brincadeira na barriga e gritou um pouco. Meu irmão jogava bandy. Ele sabe gritar. Eu pedi para ele se acalmar. Disse que era sério. Meu irmão sentou e se acalmou.

A gente conversou. Falei coisas desconexas. Nenhum de nós dois entendeu grande coisa do que eu falei. Mas o meu irmão me levou a sério. Isso eu tenho que reconhecer. Vi que ele estava preocupado. Ele nunca tinha me visto daquele jeito antes.

Ele disse que com certeza todos os dias milhares de pessoas sentem-se postas contra a parede. A maioria passa um tempo um pouco mal, porém logo as coisas melhoram. Meu irmão é um otimista. Ele quer ajudar.

Me sentei e pensei que eu devia estar no fundo do poço. Tive medo de que eu estivesse farto, de que nunca mais fosse sentir entusiasmo.

De repente o meu irmão disse que ia viajar. Partiria em poucos dias e passaria dois meses fora. Ele me ofereceu o apartamento dele. Eu agradeci e ficamos sentados sem dizer mais nada até o meu irmão olhar para o relógio e descobrir que o boletim esportivo tinha começado. Ele perguntou se eu tinha alguma coisa contra entrar em casa. Afinal de contas, era meu aniversário e tinha sobrado bolo.

Na manhã seguinte acordei e senti que as coisas não podiam mais continuar como estavam. Fiquei deitado, pensando.

Não tinha nada a ver com croquet. Disso eu tinha certeza.

O croquet é uma coisa pequena, e aquilo era uma coisa grande.

Na mesma hora tive a impressão de que estava relacionada ao fato de que eu havia completado 25 anos e não sabia lidar com isso.

Para mim, envelhecer sempre esteve ligado a uma certa inquietude. Em geral estou me lixando para o espaço, mas tenho problemas com o tempo.

Enquanto eu me vestia ficou claro que estaria totalmente fora de cogitação usar aquele dia para fazer as mesmas coisas que eu costumava fazer em outros dias.

Os dias teriam que ser diferentes.

As noites também.

Passei um tempo olhando para fora da janela.

Por fim tomei uma decisão.

Fui de bicicleta até a universidade e disse que eu não tinha condições de continuar o mestrado. A funcionária da secretaria do instituto perguntou se eu estava tendo problemas e se ela poderia fazer qualquer coisa a respeito. Achei essa preocupação comovente, mas eu não estava a fim de falar. Fiz um breve agradecimento pela consideração e respondi sim à primeira pergunta e não à segunda.

Depois voltei de bicicleta à cidade e liquidei minha velha existência. Entrei em contato com o jornal para onde eu costumava produzir material e disse que eu passaria um tempo sem escrever, talvez para sempre. Também cancelei o aluguel do meu estúdio, meu número de telefone e minha assinatura de jornal. E vendi os meus livros e a minha TV.

Coloquei minha posses restantes em uma mochila e duas caixas de papelão. As caixas ficaram no sótão da casa dos meus pais, e a mochila foi nas minhas costas quando peguei a bicicleta para ir à casa do meu irmão.

Lá eu fiquei parado, suando.

Eu tinha tomado uma atitude de verdade. Aquilo não era pouca coisa.

Não era um programa da TV2.

A BOLA

Passaram-se algumas semanas.

Estou no apartamento do meu irmão.

Uma vez por dia eu saio para comprar comida. E se chega alguma correspondência eu a abro e envio por fax pro meu irmão. O número do fax é incrivelmente longo. Cada vez mais tenho certeza de que ele está na África.

Procurei o papel onde eu tinha anotado o endereço dele, mas não encontro.

Além disso não tenho feito praticamente nada.

Folheio o jornal ou me deito no sofá e fico olhando para o vazio. Não tenho nenhum plano.

O sentimento de que nada faz sentido continua lá. Não é um sentimento muito inspirador.

Baixei muito o ritmo. A zero.

Acho que vou ter que começar uma vida nova. Como é que se começa uma vida nova?

Ontem fiz uma lista de coisas que tenho e uma lista de coisas que não tenho.

Essas são as coisas que tenho:

– Uma bicicleta boa

– Um bom amigo

– Um mau amigo

– Um irmão (na África?)

– Pais

– Avós

– Um crédito estudantil generoso
– Um diploma de bacharel
– Uma máquina fotográfica
– Um punhado de dinheiro (emprestado)
– Um par de tênis de corrida praticamente novos

Essas são as coisas que não tenho:
– Planos
– Entusiasmo
– Uma namorada
– A sensação de que as coisas fazem sentido e de que tudo vai dar certo no final
– Espírito vencedor
– Um relógio

Nas vezes em que olhei para a lista hoje notei que eu tenho mais coisas do que não tenho. Tenho 11 coisas. E me faltam 6. Podia ser motivo de otimismo.

Mas depois de ter analisado a lista em detalhe ficou claro para mim que no fundo essa medida é pouco equilibrada e pouco útil. Simplesmente não fecha. Eu poderia me virar muito bem sem algumas das coisas que tenho, e muitas das coisas que não tenho me parecem essenciais para viver da forma como eu gostaria.

Eu estaria disposto a trocar o mau amigo por um pouco de entusiasmo agora mesmo, por exemplo. Ou por uma namorada.

Agora mesmo.

Mas eu sei, como todo mundo sabe, que as coisas não funcionam assim.

Brinquei comigo mesmo somando os números da lista.

11 + 6.

Dá 17. Um número relativamente grande quando se fala de coisas essenciais na vida de uma pessoa. Por uns poucos segundos me senti orgulhoso. Mas nada disso faz sentido. É uma idiotice somar as coisas que tenho às coisas que não tenho. E além do mais certas coisas têm pouca importância. O relógio, por exemplo. Eu quero um relógio, mas não vou dizer que seja essencial. Eu simplesmente gostaria de ter um. Para acompanhar melhor a passagem do tempo. Sou uma pessoa que tem problemas para lidar com o tempo, e acho que é melhor enfrentar os problemas do que evitá-los. Mas dizer que o relógio é essencial? É complicado.

O mesmo vale para os tênis de corrida. Também não são essenciais, mas eu os tenho. Talvez eu pudesse dizer que o relógio e os tênis de corrida se anulam um ao outro. Nesse caso são 10 + 5. Dá 15. Também é um número grande nesse contexto. Mas infelizmente é um número que não serve para nada, e tão vazio de sentido quanto 17.

Tenho que arranjar outra coisa em que pensar.

Estou tirando um cochilo no sofá quando ouço o barulho de um fax chegando. Espero que o fax chegue por inteiro e que a máquina corte a folha. Leva talvez um minuto. De repente a folha cai no chão e eu me levanto para juntá-la.

É um fax de Kim.

Kim é o meu amigo bom. Faz uns anos que nos conhecemos. Ele é um cara legal, e está estudando para ser meteorologista. Está fazendo um estágio ou coisa parecida numa ilha ao norte. Pelo que entendi Kim está sozinho na ilha. Ele registra umas medidas e calcula uma coisa ou outra. E além disso liga para o instituto meteorológico em Blindern duas ou três vezes por dia. Acho que deve ser meio solitário por lá.

Ele passa o tempo inteiro mandando faxes para mim. Tenho dificuldade para acompanhar esse ritmo. Eu já disse que não tenho condições de mandar faxes para ele com a mesma frequência que ele manda faxes para mim. Kim disse que tudo bem, mas sei que na verdade ele me levou meio a mal. Sem que a gente nunca tenha discutido o assunto, chegamos ao entendimento tácito de que ele pode me mandar quantos faxes quiser, enquanto eu só respondo quando me sinto em condições.

É um entendimento com o qual eu posso viver.

Pelo fax, noto que Kim andou assistindo à ZTV sueca. Ele cita:

– Peça demissão

– Viaje

– Arranje novos amigos

Contei para Kim como eu ando me sentindo. Ele

está tentando me ajudar. É uma atitude simpática.

Debaixo da escrivaninha do meu irmão tenho uma caixa onde escrevi “Kim”. É lá que guardo todos os faxes que ele manda. A caixa já está quase cheia. Desde que Kim descobriu que eu estou num lugar com fax, o aparelho não parou mais.

Estou mais uma vez deitado no sofá. Precisa acontecer alguma coisa. Não precisa ser grande coisa. Só uma coisa qualquer.

Decido sair e comprar uma coisa que me leve a pensar em coisas agradáveis, ou então a sorrir.

Entro em várias lojas, mas não vejo nada que pareça interessante. Tento definir certos critérios para aquilo que estou procurando. Por um motivo ou outro eu comecei a me ocupar com esse negócio de listas. Listas são boas. Vou fazer muitas listas de agora em diante. Aliás, vou fazer uma lista agora mesmo.

Depois de pensar um pouco, fica claro que estou à procura de um objeto que:

– Não seja maior do que eu possa transportar confortavelmente

– Não custe mais do que cem coroas

– Possa ser usado muitas e muitas vezes

– Possa ser usado quando estou dentro de casa e também ao ar livre

– Possa ser usado quando estou sozinho e também com outras pessoas

– Me ponha em movimento

– Faça com que eu me esqueça do tempo

Me sento em um banco e examino a lista com atenção. Por um bom tempo. É uma lista sincera. Estou satisfeito. Talvez exista um objeto assim, ou talvez não. Não importa muito. Mas a lista é importante. Para mim foi uma revelação. Uma revelação que tem valor.

Me sento e começo a pensar nos objetos que satisfazem os meus critérios.

Existem muitos. Mas eu só quero uma coisa.

De repente fica claro que estou à procura de uma bola. Uma simples bola. Sinto uma pontada de entusiasmo.

Faz muito tempo que não penso em bolas. Me alegro por essa ideia ter me ocorrido. É nesse tipo de coisa que eu preciso pensar. Esse é o caminho a seguir. Agora preciso arranjar uma bola. Como se escolhe uma bola?

O mundo é repleto de bolas. As pessoas usam-nas o tempo inteiro. Para brincar e jogar e certamente para outras coisas também. O que importa é escolher a bola certa.

Vou a uma loja de artigos esportivos.

Lá existe uma seleção enorme de bolas. Bolas caras e bonitas. De couro e de outros materiais resistentes. Eu as aperto, mas acho que são exigentes demais. Eu me sentiria intimidado se comprasse uma bola daquelas. Não é o momento para uma bola de qualidade.

Por enquanto o elemento de concorrência precisa ser completamente desligado na minha vida. A palavra de ordem é recreação.

Preciso de uma bola simples. E de preferência feita de plástico.

Vou a uma loja de brinquedos. Lá a seleção é um pouco mais razoável. Por sorte eles só têm umas poucas bolas. Em poucos tamanhos e cores diferentes. Sinto o peso de algumas e quico duas ou três no chão. No fim simplifico tudo e escolho uma bola de plástico vermelha de tamanho médio. Custa pouco menos de cinquenta coroas.

Ganho também uma sacola para transportá-la. Depois vou de bicicleta pra casa.

Mando um fax para Kim: Há tempos eu não me sentia tão bem. Comprei uma bola vermelha.

Depois me deito no sofá e coloco a bola em cima do meu peito. Agora estou à espera da noite.

Quando escurecer eu vou descer aos fundos do prédio e jogar a bola contra uma parede. Mal posso esperar.

A ÁRVORE

Faz várias noites que desço para jogar a bola contra a parede. Em geral eu desço quando o noticiário acaba, e então me posiciono num canto onde não há janelas. É uma região pouco usada e iluminada por uma única lâmpada.

Jogar a bola me dá uma sensação muito boa. Não sei bem por quê. Mais gente devia jogar bolas contra paredes. As pessoas todas deviam fazer isso. O mundo pareceria muito diferente. As pessoas seriam mais felizes.

Jogo a bola contra a parede e a deixo quicar no chão uma vez antes de tornar a pegá-la. É uma excelente bola. Sempre volta para mim. E também é bom tê-la na mão. Eu tinha esquecido como é bom ter uma bola na mão. Segurar a bola. Ela é tão redonda! E faz com que eu me esqueça do tempo.

Logo a jogo outra vez.

A bola de plástico vermelha acerta a parede e faz um barulhinho. Depois quica no chão e faz outro barulhinho. Por fim eu a pego, seguro-a por um instante e a jogo outra vez. O movimento é automático. Eu nem penso no que faço. E consigo pensar em outras coisas.

Hoje à noite estou pensando no meu avô. Umas semanas atrás ele me contou uma história. Era uma história sobre um mundo bom.

Meus avós moram em uma casa de madeira amarela que eles mesmos construíram muito tempo atrás. Os dois têm um grande jardim onde passam muito tempo. Flores, árvores e arbustos são muito importantes para eles. Eles sabem todos os nomes e sabem quando as coisas devem ser plantadas e quando devem ser regadas e colhidas. Falam muito sobre plantas e costumam dar flores de presente a amigos e a familiares. É assim desde sempre.

Quando eles construíram a casa, meu avô plantou uma macieira. Na parte mais baixa do jardim. Eu nunca vi essa árvore. Já não estava mais lá quando eu nasci. Mas ouvi falar a respeito dela.

Depois que havia crescido por muitos anos, essa árvore começou a dar maçãs. Muitas maçãs. Minha avó fazia suco e geleia com as maçãs.

Era uma boa macieira. Mas depois aconteceu uma coisa.

Tinha sido um bom verão e as maçãs estavam grandes e bonitas. Era quase hora da colheita.

Mas um dia a árvore amanheceu destruída. Muitos galhos grossos estavam jogados no chão. Meu avô disse que não era nada bonito de se ver. Não haveria mais maçãs. A árvore ia morrer.

Meu avô entrou em casa e deu a triste notícia à minha avó. Depois ele tirou as roupas de jardinagem, colocou roupas mais arrumadas e desceu a estrada, passou pelo cemitério e chegou à escola técnica.

Lá ele pediu para falar com o diretor.

Os dois falaram sobre o ocorrido e depois de um tempo três rapazes se entregaram.

Tinham ido até lá para roubar maçãs, mas as coisas tinham saído um pouco de controle.

Todos estavam muito arrependidos. Tinha sido uma criancice. Nada de grave, mas assim mesmo as consequências eram bastante sérias. E tanto o meu avô como o diretor queriam endireitar tudo.

Uma macieira nova custava 150 coroas naquela época. Ficou combinado que os rapazes devolveriam o valor da árvore. Cada um pagaria 50 coroas.

Meu avô disse que na época era um belo dinheiro.

Os rapazes pagariam um valor semanal entre o restante do outono e a primavera, até que todo o valor estivesse pago e todos estivessem quites.

Meu avô tinha estudado naquela mesma escola e sabia que os rapazes não tinham dinheiro sobrando. Os alunos moravam na escola, uns muito longe de casa, e as famílias todas já tinham gastado um belo dinheiro para mandá-los para a escola. Os rapazes teriam que tirar o dinheiro da macieira das próprias mesadas. Isso significava que todas as atividades juvenis que custassem dinheiro precisariam ser consideravelmente limitadas. Dificilmente poderiam comprar o que quer que fosse, não poderiam ir ao cinema, não poderiam comprar refrigerantes Solo para as garotas, enfim, não poderiam fazer praticamente nada.

Todos os sábados os rapazes apareciam cabisbaixos na porta da casa dos meus avós para fazer o pagamento. Falavam muito pouco. Simplesmente estendiam os braços e largavam as moedas na grande mão do meu avô. Ele acenava a cabeça e assim confirmava que estava tudo certo. E assim foi. Chegou o inverno e depois a primavera.

Em maio o jardim voltou a florir, e logo começariam as férias da escola técnica. Os rapazes passariam o verão em casa. Quando apareceram pela última vez, estavam usando roupas elegantes. Aquilo parecia meio formal demais para eles. Eles tocaram a campainha e a minha avó os convidou para entrar. Ela tinha passado café e preparado waffles.

Os rapazes foram servidos, pagaram a última parcela devida e apertaram a mão dos meus avós.

O assunto estava resolvido.

Os rapazes estavam aliviados. Todos se animaram e pela primeira vez conversaram um pouco com os meus avós. Falaram sobre a escola e sobre o verão. Falaram sobre o lugar de onde vinham. Todos tinham o rosto alegre. A dívida estava paga. Estavam todos perdoados, e finalmente poderiam voltar a andar com a cabeça erguida.

Em seguida os rapazes se levantaram para ir embora. Todo se despediram e foram em direção à porta.

Nessa hora o meu avô se levantou.

Esperem um pouco, ele disse. Ainda faltava uma coisa.

E os rapazes pararam. Meu avô atravessou a sala. Ele foi até o armário da cozinha e abriu a porta. Enfiou a mão lá dentro e pegou três envelopes. Depois se aproximou dos rapazes e entregou um envelope para cada um.

Os rapazes não entenderam direito. Ficaram olhando um para o outro. Mas por fim abriram os envelopes e as lágrimas começaram a correr por aqueles rostos.

Meu avô tinha devolvido o dinheiro deles.

Ainda estou aqui jogando a minha bola. Acabei entrando no ritmo. Mesmo que a brincadeira seja boa, não vejo motivo para parar. Essa brincadeira não deve cansar nunca. Independentemente de quanto tempo eu fique aqui, não deve cansar nunca.

Meu avô me disse que tinha pensado o tempo inteiro em devolver o dinheiro. A questão não era o dinheiro, ele disse.

Fico pensando nesses rapazes. Hoje são homens. Com certeza têm mais de cinquenta anos. Eles devem ter sentido que o mundo era um lugar bom. Que as coisas faziam sentido. Que certas coisas tinham significado.

Eu gostaria de saber o que os três estão fazendo hoje. Devem ter famílias e jardins com macieiras.

Meu avô é um cara incrível.

Me pergunto se eu sou um cara incrível.

Me pergunto se existem caras incríveis na minha geração.

O TEMPO

Ontem pela manhã encontrei um livro na prateleira do meu irmão. É um livro em inglês que fala sobre o tempo e o universo e essas coisas todas.

Folheei o livro, mas comecei a suar e precisei largá-lo. Aquilo foi demais para mim.

Existem limites para o quanto eu posso aguentar nessa situação. Passei um tempo andando pelo apartamento, inquieto.

Para distrair um pouco os pensamentos, comecei a folhear um velho álbum de fotografias que o meu irmão tinha guardado. Lá tem muitas fotografias minhas. Eu pequeno. E muitas vezes com roupas muito esquisitas. De veludo. Sempre veludo.

Eu devia ter uma autoestima enorme quando era pequeno.

Numa das fotografias eu apareço com a minha bicicleta nova. É uma bicicleta verde com cinco joaninhas vermelhas no guidom. Estou usando um macacão amarelo e marrom. Vou sair para andar de bicicleta. Esse era o único plano.

Quando acordava pela manhã eu pensava, a bicicleta. Era meu único pensamento. Hoje eu acordo e tenho vários pensamentos. Com certeza mais de cinco. É uma confusão.

Não sei direito o que significa tudo isso. O que significa tudo isso?

Mandei um fax para Kim e perguntei se os pais dele o vestiam com roupas de veludo quando ele era pequeno. Também perguntei se ele sabe o que significa tudo isso. Ele respondeu sim à primeira pergunta e não à segunda.

Kim sempre responde os meus faxes na hora. É como se estivesse sentado à espera do meu fax.

Isso me deixa meio preocupado.

Enquanto eu estava sentado olhando para a folha de Kim com as respostas sim e não, minha inquietação voltou. Descobri que eu tinha mudado de lugar e que passava cada vez mais tempo próximo da estante de livros. O livro estava lá e eu estava logo ao lado. Olhei fixamente para ele enquanto eu chegava cada vez mais perto.

Por fim me sentei com o livro no colo e pensei que eu podia muito bem procurar a origem do meu problema de uma vez por todas. Não tenho bem certeza, mas acho que foi uma decisão madura.

O livro foi escrito por um acadêmico chamado Paul.

Penso que uma pessoa de nome tão simpático não teria a intenção de me assustar.

Estou lendo há horas e percebo que toda a minha situação aos poucos se transforma.

Mesmo que Paul seja famoso por escrever de

maneira simples a respeito de temas complicados, pra mim é bem difícil.

Paul estuda coisas difíceis.

Tenho pouca bagagem para entender as coisas que ele diz. Parei de estudar física e matemática quando acabou o primeiro ano do colegial. Na época eu achava que havia um monte de outras coisas que podiam servir de base para a minha existência. Hoje já não penso assim. Pode ter sido um erro.

Enfim, não entendo tudo. Talvez eu entenda ainda menos do que imagino, mas aquilo que entendo me fascina e me assusta.

Eu não imaginava que o meu irmão lesse livros como esse. Obviamente existem coisas que não sei a respeito do meu irmão.

E existem ainda mais coisas que não sei a respeito do tempo.

Um laboratório em Bonn tem um cilindro de metal com três metros de comprimento. Paul escreve que o cilindro tem o formato de um submarino e fica dentro de uma moldura de aço, cercado de fios e instrumentos de medição. É um relógio atômico, o relógio mais preciso conhecido pelo homem.

Mais preciso do que a rotação da terra.

Tanta precisão me espanta. Provavelmente tem pouco a ver com a terra. É simplesmente uma coisa que alguém decidiu. Essa ideia me agrada. Por mais estranho que seja, o tempo me parece mais tangível dessa forma.

Acho que eu queria ter um relógio atômico.

Para compensar a irregularidade na rotação da terra, é preciso acrescentar um segundo ao tempo de vez em quando. A última vez em que esse segundo foi acrescentado foi em junho de 1994. Ninguém disse nada a respeito.

Por causa do relógio atômico foi preciso mudar a definição do que é um segundo. Antes um segundo era 1/86.400 de um dia, mas hoje são 9.192.631.770 oscilações de um átomo de césio.

É um número bem impressionante.

Essa explicação me deixa meio sem jeito. Me sinto desconfortável e resolvo pegar a bola. Passo um tempo jogando-a contra a geladeira antes de me sentir mais uma vez em condições de prosseguir com a leitura.

Me lembro de quando a gente bebia leite na escola.

Eu e vários colegas tínhamos relógios de pulso digitais. Com cronômetros. A gente podia cronometrar os centésimos. Cronometrávamos as coisas mais absurdas. Era uma sensação naquela época.

Por um bom tempo, o importante era beber o leite o mais depressa possível. Eu sempre levava mais de cinco segundos, mas Espen, aquele pestinha, bebia a caixa inteira em menos de um segundo. À luz do que acabo de ler, esse me parece um feito impressionante.

Eu faço muito poucas coisas em menos de um segundo.

Consigo tamborilar os dedos na superfície da mesa quase 15 vezes por segundo. Me sinto bastante satisfeito com isso. E às vezes tiro fotografias com um tempo de exposição de um milésimo de segundo.

Mas isso não é nada em relação ao que esses átomos de césio fazem. Será que posso mesmo confiar que essa informação esteja correta? Mais de nove bilhões de oscilações por segundo? Não consigo nem imaginar uma coisa dessas. É demais. Minha capacidade de estimar quantas unidades existem num conjunto é limitada. Posso facilmente ver se há quatro ou nove vacas em um terreno, mas se forem mais de quinze, preciso contar. E qualquer coisa acima de mil parece sempre igual.

Não tenho a menor possibilidade de conferir os átomos de césio. Preciso acreditar que Paul sabe o que está falando.

Preciso confiar na palavra dele.

Continuo lendo o livro.

Tudo fica cada vez pior.

Paul afirma que a gravidade influencia o tempo.

Esse sujeito não tem limites.

Sem nenhum aviso ele de repente afirma que o tempo é influenciado pela gravidade e pelo movimento.

Olho para a capa do livro. É uma obra editada por uma editora séria. Supostamente Paul está dizendo a verdade.

Me sinto irritado.

Por que ninguém me contou isso antes?

Será que os professores de física não entendem que esse tipo de explicação faz toda a diferença? Será que são idiotas?

Desisti da física justamente porque a gente passava o tempo inteiro desenhando prótons e nêutrons sem nunca entender direito como tudo aquilo funcionava. Eu me aborrecia. Preferia mil vezes me virar para as garotas, fazer um círculo com o polegar e o indicador na mão esquerda e depois enfiar o indicador da mão direita várias vezes nesse círculo.

O tempo nunca foi mencionado.

Nenhum dos meus professores de física jamais se referiu ao tempo. Eu devia me informar melhor para descobrir se realmente sabem de alguma coisa.

Pode ser que tivessem sabido de tudo o tempo inteiro. Nesse caso eu devia me vingar. Devia dar um belo empurrão pelas costas deles, quando menos esperam.

Me sinto enganado.

Sinto que já não posso mais confiar em ninguém.

No sol o tempo passa dois bilhão avos mais devagar do que na terra. Tem a ver com a gravidade. Paul escreve que a gravidade é mais forte por lá.

Achei que o tempo era o tempo e a gravidade era a gravidade. Mas pelo visto não é nada disso.

Com dois bons relógios atômicos é possível demonstrar esse tipo de coisa no Empire State Building.

Não é uma coisa que eu esteja inventando.

Se um dos relógios for colocado no térreo do Empire State e o outro no topo, depois de um tempo pode-se ver que o relógio do topo anda mais depressa. Ao longo de uma vida inteira, podemos ganhar uns milésimos de segundo mantendo-nos sempre no nível da rua.

As pessoas lá no alto vão ser um pouco mais velhas do que a gente.

Largo o livro.

Sinto que estou saturado. Estou agitado.

Pode ser que eu continue lendo outro dia.

Isso muda certas coisas.

O tempo não existe.

Dificilmente a conclusão poderia ser outra.

O fato é que não existe um tempo único.

Meu tempo. Seu tempo. O tempo de Paul. O tempo do sol.

Muitos tempos.

Muitos tempos é o mesmo que nenhum tempo.

Se for assim mesmo, eu devia estar feliz.

Por que não estou feliz?

Me sinto estressado.

Talvez eu me sinta feliz mais tarde.

A BICICLETA

Ainda não me sinto feliz.

Foi loucura minha ler aquele livro. Arrogância.

Já não tenho mais certeza de que Paul seja apenas simpático.

Pode ser que não exista tempo nenhum, mas assim mesmo as coisas se movimentam. A vida se movimenta. As pessoas nascem e morrem. Eu envelheço. De que adianta saber que o tempo não é o mesmo no sol?

Alguém devia aparecer e me dar um trabalho. Alguém devia pedir que eu construísse uma coisa ou outra. Que eu carregasse um negócio pesado. Que eu passasse um jato de areia em qualquer coisa muito grande.

Já faz muito tempo desde a última vez que eu suei de verdade.

Escrevi uma nova lista. Essa lista traz as coisas que costumavam me empolgar quando eu era pequeno. É uma lista bem longa.

– Água
– Carros
– Bolas
– Telefones
– Animais maiores do que eu
– Peixes
– Espelhos

– Lençóis com franjas nas bordas
– Fazer pequenas esculturas de madeira
– Fazer promessas com os dedos cruzados
– Andar de elevador
– Caminhões
– Gravetos
– Animais menores do que eu
– Barulhos altos
– Tratores
– Trens
– Aviões
– Policiais
– Incêndios e bombeiros
– Bondes
– O espaço
– Coisas totalmente vermelhas
– Formigas
– Cisnes
– Dentaduras
– Pinturas
– Grampeadores
– Coisas que podem ser jogadas
– Serras
– Curativos adesivos
– Leite
– Algas
– Lugares altos
– A cor dos mirtilos

– Lego

– Coisas que se movimentavam mais depressa do que outras coisas

– Neve

– Árvores

– Nós

– *Snus* durante partidas de hóquei

– Cubos mágicos

– Cortadores de grama

– Máquinas fotográficas

– Xixi e cocô

– Pinhas

– Bolhas de sabão

– A África

– Coisas douradas ou prateadas

– Ventanias

– Refrigerantes

– Coisas feitas pelo meu pai

Minha existência era repleta dessas coisas. Tudo era bom e descomplicado. Quando não estava dormindo eu corria de um lado para o outro cheio de entusiasmo. Eu não caminhava nunca. Eu corria.

Passo um tempo olhando para a minha lista e a envio por fax para Kim. Sinto que a essa altura eu devo mandar um fax para ele.

Penso em fazer uma lista de coisas que me deixam

entusiasmado hoje. Pego caneta e papel, mas noto que eu reluto em começar.

Tenho medo de que a lista seja curta.

Eu nunca devia ter parado de correr.

Vou ao mercado comprar um litro de leite desnatado. Ao voltar descubro que nos fundos do prédio há um monte de crianças. Tem um jardim de infância nos fundos do prédio. Eu nunca tinha notado.

Um menino pedalando uma bicicleta minúscula com rodinhas chega perto de mim. Ele está usando uniforme e touca. E por cima da touca um capacete de bicicleta azul. Ele olha para mim e para o leite que comprei. Pergunta se a bicicleta vermelha e legal é minha. Faço um aceno de cabeça em direção à minha bicicleta, que está apoiada numa cerca de madeira, e pergunto se é daquela bicicleta que ele está falando. É aquela mesmo.

É minha, eu digo.

O menino fica cheio de admiração. Ele diz que gostaria de ter uma bicicleta como aquela.

Vamos até a minha bicicleta e ficamos olhando para ela. É uma bicicleta grande e vermelha. O menino põe a mão no quadro.

Pergunto como ele sabia que aquela era a minha bicicleta. Ele responde que me viu prendê-la com a tranca. E me conta que mora no prédio ao lado. No último andar.

Então você mora bem pertinho do jardim de infância, eu digo.

Ele faz um gesto afirmativo com a cabeça.

Eu também vi você jogando bola, ele diz.

Você fica acordado até tarde?, eu pergunto.

Às vezes, diz o menino.

Eu pergunto qual é o nome dele e ele diz que o nome dele é Børre.

Você também tem uma bicicleta bem legal, eu digo.

Børre diz que a bicicleta não é dele.

Diz que é do jardim de infância.

Børre passa um tempo em silêncio. Depois ele pergunta se eu uso capacete.

Sinto vontade de mentir e dizer que sim, mas no último instante me detenho. Não daria certo. Eu digo que não uso capacete. Digo que não. Mas você tem que usar, diz Børre. E ele diz que eu devia comprar um capacete o quanto antes, de preferência hoje mesmo.

Ele me conta que um dos pais do jardim de infância teve um acidente com um carro enquanto andava de bicicleta. Ele não estava usando capacete e passou vários dias no hospital.

Percebo que esse é um argumento incrível.

Você tem razão, Børre, eu digo. Vou comprar um capacete.

Børre pergunta se vou andar de bicicleta agora.

Agora não. Eu vou subir e tomar leite. Ele pergunta se por acaso vou andar de bicicleta mais tarde. Não sei. Talvez no final da tarde, eu digo. Børre tem vontade de me ver andando de bicicleta, mas diz que não está mais no jardim de infância no final da tarde.

Talvez você possa me ver da janela, eu digo.

Talvez, diz Børre.

Ele para e fica me olhando enquanto vou em direção à escada. E acena quando eu me viro.

Mais tarde me ocorre que eu devia ter posto Børre em cima da minha bicicleta e o empurrado um pouco nos fundos do prédio.

Ele teria gostado.

O MESTRE

Uma vez eu brinquei até desmaiar.

Eu tinha acabado de ganhar um par de esquis de slalom e estava tão empolgado que me esqueci de comer. Passei o dia inteiro esquiando sem comer nada.

No fim desmaiei de exaustão e bati contra um poste de iluminação. Tive uma concussão cerebral e meu pai me levou ao hospital.

O médico disse que não tinha problema nenhum brincar por muito tempo, mas que eu precisava me lembrar de comer.

Desmaiei porque o que eu estava fazendo era tão divertido que não havia tempo para fazer um intervalo.

Esse sentimento é bom demais.

Essa empolgação toda.

E está a um passo de distância.

Meu humor tem variado muito nesses últimos dias.

Tento criar uma imagem da minha situação, mas as peças não se encaixam muito bem. Não sei direito onde estou.

Muita coisa mudou ao longo das últimas semanas.

Os dias estão diferentes. As noites também.

Mas eu não estou satisfeito. Ainda não. Está muito claro que certas coisas essenciais estão faltando.

Não sei onde procurá-las.

Mas tenho a minha bola.

Por sorte eu tenho a minha bola.

Passo um bom tempo jogando-a contra a parede todas as noites.

Meu irmão volta daqui a um mês. A partir de então não posso continuar morando aqui.

Tenho um mês.

Admito que estou apreensivo em saber como tudo vai acabar. Tento não bancar o durão.

Eu podia ter estufado o peito e dito que estava pronto para o que desse e viesse. Podia ter acendido um cigarro e feito de conta que nada estava acontecendo. Talvez eu conseguisse enganar certas pessoas. Duas ou três garotas. Kim. Talvez eu conseguisse enganar Kim. Só que mais cedo ou mais tarde eu estaria de volta ao mesmo lugar. Sentado na grama, com a mão do meu irmão ou de outra pessoa no meu ombro, chorando.

Porque existe um problema. Está claro que existe um problema.

O que mais preciso é de um homem mais velho. Um mestre. Uma pessoa que possa me dizer como as coisas são.

Essa pessoa devia pedir que eu cumprisse tarefas que parecessem não ter nenhum sentido. Eu reagiria com impaciência e protestos, mas acabaria por cumpri-las mesmo assim. E por fim, passados meses de trabalho duro, eu descobriria que há um sentido mais profundo por trás daquilo tudo, e que durante o tempo inteiro o mestre tinha um plano astuto.

De repente eu desenvolveria a capacidade de perceber o contexto maior. De compreender as coisas a fundo. De tirar conclusões sobre as pessoas e o mundo. Eu também estaria em condições de me controlar, de fazer surgir o que há de melhor nas outras pessoas e essas coisas todas. E o mestre teria dito que não tinha mais nada a me ensinar e que então me daria uma coisa. Um grande presente. Talvez um carro. E eu teria dito que era demais, que eu não podia aceitar, mas ele insistiria e depois a gente acabaria se despedindo de um jeito um pouco melancólico, mas assim mesmo firme. E no fim eu sairia dirigindo mundo afora e conheceria uma pessoa, de preferência uma garota, e teria uma família e talvez uma empresa que oferecesse bons produtos e bons serviços.

Era assim que as coisas deviam ser. Mas que porcaria! Está muito claro. Tudo devia ser diferente.

Mas esses mestres não dão em árvore.

Eu nunca encontrei um único mestre.

Tudo indica que vou ter que me virar sozinho.

Tento pensar nas pessoas que eu admiro. Não são muitas.

As pessoas que admiro são:

– Laurie Anderson

– Gandhi
– O Exército da Salvação
– Carl Barks
– Astrid Lindgren
– Orson Welles
– Olav H. Hauge
– Lars Lillo-Stenberg

Estou convencido de que tem a ver com o entusiasmo. Com o fato de que está em falta.

Preciso encontrá-lo. Recuperá-lo.

O entusiasmo está por aí.

Talvez pareça inútil falar a respeito disso.

É meio zen.

E enquanto eu estiver tentando, não vou conseguir.

Só vou conseguir quando eu parar de tentar.

Budistas do inferno. Eles se acham tão espertos!

VIDA

Uma pessoa de 70 quilos contém entre outras coisas:
– 45 litros de água
– Cálcio suficiente para caiar um galinheiro
– Fósforo suficiente para 2.200 palitos de fósforo
– Gordura para cerca de 70 barras de sabão
– Ferro para um prego de duas polegadas
– Carbono para 9.000 barras de grafite
– Uma colher de magnésio

Eu peso mais de 70 quilos.

E me lembro de uma série de televisão chamada *Cosmos*. Carl Sagan andava em um cenário que reproduzia o espaço e mencionava números enormes. Num dos episódios ele aparecia sentado em frente a um tanque cheio das substâncias de que as pessoas são feitas. Ele mexia no tanque com um bastão e se perguntava se conseguiria criar vida.

Ele não conseguiu.

A FLORESTA

É primavera.

O calor chegou de repente.

Hoje encontrei calções de ciclismo no armário do meu irmão. E uma camiseta.

Preparei um sanduíche e enchi uma garrafa usada de água mineral Farris com água da torneira. Também levei junto a minha bola.

Depois fui dar um passeio de bicicleta pela floresta. Agora estou na floresta.

Aqui está tudo em silêncio. E hoje é um dia de semana, então não tem mais ninguém por aqui. As pessoas estão no trabalho. Estão na universidade.

Cada louco com a sua mania.

Eu tenho, como já disse, uma bicicleta razoavelmente boa. Ela tem várias marchas. E pneus de trilha. Consigo pedalar por onde quer que seja. Eu pedalo como um maníaco.

Antes de comprar a bicicleta eu conferi os prospectos e os catálogos de vários fabricantes de bicicleta. Gosto de olhar para fotografias de bicicletas e imaginar como eu estaria sentado em cima delas. Num dos prospectos havia um cara chamado Gary Fisher. Ele mora na Califórnia. Gary se vangloria de ter sido a pessoa que inventou a mountain bike. Pode muito bem ser verdade. Ele preparou um catálogo grande e caro com várias fotografias de bicicletas bonitas e cheio de detalhes técnicos, e além disso incluiu citações de coisas que ele mesmo disse.

A certa altura o catálogo diz: "Anybody who rides a bike is a friend of mine".

Eu gosto dessa frase.

Sinto que todos os que andam de bicicleta são meus amigos. Uma grande família. Quando encontro outra pessoa andando de bicicleta, às vezes eu digo oi.

Mas hoje estou sozinho na floresta.

Também é bom.

Quando eu estava de saída, Børre veio até mim. Ele me perguntou se eu tinha comprado um capacete.

Eu disse que compraria um assim que tivesse dinheiro.

Ele me lembrou do que tinha acontecido com aquele pobre pai do jardim de infância. Acenei a cabeça e prometi que eu tomaria cuidado. Mas não tomo muito cuidado.

É divertido pedalar depressa pelas trilhas da floresta.

De vez em quando eu salto por cima de pedras e raízes.

Quando eu disse a Børre que estava a caminho da floresta, ele disse que o pai dele uma vez tinha visto um alce. Ele estava orgulhoso.

Eu também já tinha visto alces, mas não tive coragem de contar isso a ele.

Fizemos um trato de que ao voltar eu contaria

para ele que bichos vi. Por enquanto só vi um cavalo e um esquilo.

Pedalo até estar todo suado, e então paro à margem de um lago para tomar um banho.

Tomo esse banho mesmo que seja abril e a água esteja fria.

Enquanto me seco ao sol, jogo minha bola para cima. Fico deitado de costas e a jogo para cima. Em geral eu consigo pegá-la de volta, mas de vez em quando a bola escapa. Nessas horas preciso me levantar para buscá-la.

Agora mesmo a bola rolou meio para longe.

Não estou a fim de buscá-la.

Ela vai ficar por lá até que eu esteja completamente seco.

Penso no que deu errado.

Deve ser um problema fundamental.

Meus pais fizeram um trabalho decente. Não os culpo por nada. Eu também me saí bem na escola. Ninguém me tratou mal. Pelo menos não por um longo período.

Claro que acontecia de um colega fazer um comentário maldoso, mas nessas horas eu chutava a canela dele, ou então dava-lhe um soco na barriga. Nunca passou disso.

Deve ter sido outra coisa.

Por um motivo ou outro eu suspeito que sei demais a respeito de coisas sobre as quais parece idiota saber demais.

Eu sei um monte de coisas.

Sei um monte de coisas a respeito de:

– Cinema
– Literatura
– Mídia
– Política
– Celebridades
– Arte
– Publicidade
– Aerodinâmica
– Sociedade da informação
– Roland Barthes
– Computadores
– História
– Linguística
– Música
– Modelos famosas
– O deserto do Saara

E quando digo que sei um monte de coisas, me refiro mesmo a um monte de coisas.

Sei nomes, datas. Centenas.

Sei quem foi o primeiro alpinista a escalar o Monte Everest.

Sei quem dirigiu as séries americanas mais idiotas que existem.

Sei que existe uma pesquisa que demonstra que em 1957, um ano depois que Brigitte Bardot apareceu no filme *E Deus criou a mulher*, 47% de todas as conversas na França eram sobre Bardot.

Sei que ao bater contra a asa de um avião o vento cria uma pressão negativa sobre a parte superior da asa, e é isso que permite que os aviões voem.

Sei o que Aristóteles pensava.

Sei o que outros filósofos pensavam a respeito de Aristóteles.

Sei quanto Claudia Schiffer ganha.

Sei que o tempo passa um pouco mais devagar no sol.

Sei quanto tempo Christo e Jeanne-Claude precisaram para empacotar o Reichstag em Berlim.

Sei qual é a receita da Coca-Cola.

Eu sei um monte de coisas.

E não estou sozinho nisso.

Muita gente sabe mais do que eu. Por sorte isso não é problema meu.

Meu problema é saber como usar isso tudo.

O que fazer?

É um tanto confuso.

Claro que eu podia me inscrever num programa de perguntas como Jeopardy e ganhar uma viagem à Grécia. Para duas pessoas.

Mas não tenho namorada. Eu acabaria viajando sozinho.

Além do mais, o que eu faria na Grécia?

Não existe motivo para achar que eu me sentiria melhor por lá.

Não sou burro a ponto de não perceber a utilidade de um certo conhecimento.

Mas não tenho bem certeza quanto ao que é importante e o que não é.

Me falta um rumo claro. Uma visão mais ampla.

Como arranjar uma visão mais ampla?

Talvez venha com a idade. Ou talvez não.

Será que me resta apenas andar de um lado para o outro e esperar, como um idiota qualquer?

Eu nunca devia ter aprendido a ler.

Uma amiga minha disse que costumava participar de um clube ou coisa parecida quando era pequena. Não sei direito o que era. Mas era um lugar onde as crianças brincavam ou cantavam ou coisa parecida.

Ela achava que o clube se chamava Baderna das Crianças, e tinha orgulho de participar daquilo. Achava que esse era um nome legal.

Quando aprendeu a ler ela entendeu que tinha se enganado e que o nome era A Terra das Crianças.

Ela ficou superchateada.

Eu me sinto da mesma forma.

Deve ter começado quando eu ainda era pequeno

e assistia a *Lekestue* na televisão.

Com toda aquela história de números e de quando o ponteiro estivesse perto do número cinco, a hora tinha a ver com cinco.

Para mim Vibeke Sæther foi mais uma amiga da onça do que uma apresentadora de programa infantil.

Hoje eu conheço os números e as letras. Consigo ler muito depressa.

O que eu gostaria de saber é o que faço com isso.

Mas agora é tarde demais para falar disso. E também um pouco estúpido, talvez.

O estrago já está feito.

Não posso fazer de conta que não sei o que sei.

Mas é uma merda. De verdade.

Me deem uma bola.

Me deem uma bicicleta.

São coisas com as quais eu sei lidar.

No caminho da floresta para casa eu vejo o cavalo mais uma vez.

É um cavalo castanho.

OS ANIMAIS

Enquanto ponho a tranca na minha bicicleta, mais uma vez Børre se aproxima de mim. O jardim de infância já acabou por hoje. Ele brinca sozinho. Está construindo castelos na caixa de areia, e quer que eu o ajude. Digo que primeiro vou trocar de roupa e fazer um lanche, mas que em seguida eu desço.

Um fax de Kim.

Já faz um tempo que tive notícias dele. Ele escreve que tem estado bem ocupado. As condições climáticas estavam incríveis lá na ilha. Mas agora passou. O tempo está seco e uma brisa sopra de noroeste. Nuvens instáveis.

Kim está de folga.

A lista de coisas que me empolgavam quando eu era pequeno o inspirou a escrever a lista pessoal dele.

Aqui está a lista de Kim:

– Detetives

– Tarzã

– Uma menina do jardim de infância chamada Jannicke, que tinha cílios longos

– Uma outra menina do jardim de infância chamada Vibeke, que também tinha cílios longos

– Espionagem

– Roubar maçãs

– Lego

– Espaço
– Super-homem
– Radionovelas
– Meu aniversário
– Presentes
– Teatro
– Calendários de Advento
– Um carrinho azul com tração a pedal
– Subir em árvores no verão
– Brincar de cabana
– Tocar fogo em carrinhos da Matchbox
– Uma outra menina que também se chamava Vibeke e que morava em uma casa um pouco mais longe da nossa, e que era mais velha que eu e me ensinou a andar de bicicleta
– Andar de bicicleta

Gosto da lista de Kim.

Tem vários itens que também deviam estar na minha, mesmo que agora eu sinta que não posso mudá-la. Roubá-los de Kim. É meio demais. Mas detetives e andar de bicicleta com certeza deviam estar na minha lista. Não entendo como fui me esquecer.

Mas as garotas estavam totalmente excluídas no que me diz respeito. Por muito tempo eu tive uma atitude indiferente em relação a elas. Eu tinha amigas meninas, mas nunca pensava no fato de que eram meninas, e menos ainda se tinham cílios curtos ou longos.

Acho que o despertar veio uma vez em que eu estava no ônibus e um cara perguntou se eu era menino ou menina.

Idiota.

Lego e espaço aparecem nas duas listas. Nem podia ser diferente. Mas não acredito que Kim não se empolgasse com xixi e cocô. Ele deve ter esquecido.

Essas coisas acontecem.

Børre ainda está na caixa de areia quando eu desço. Está cantarolando uma canção que eu não consigo identificar direito. E está usando um capacete de bicicleta. Pode ser que os pais dele sejam rígidos. Børre construiu vários castelinhos cilíndricos. Provavelmente encheu o baldinho de areia, compactou bem a areia e virou o baldinho de cabeça para baixo. O resultado disso é um castelo de areia.

Ele me pergunta se eu poderia construir um sistema de estradas e pontes.

Claro que posso.

Passamos um tempo sentados, construindo e conversando. Aquilo é bom. Relaxante.

Børre acha que eu levo jeito.

Eu digo que ele também leva jeito.

Nós dois levamos jeito.

Ele me pergunta que bichos eu vi na floresta.

Conto que vi um cavalo e um esquilo.

Só dois?, Børre pergunta.

Ele acha pouco. Afinal, a floresta é cheia de bichos.

A conversa passa a girar cada vez mais em torno de bichos.

Surge um elemento de competição. Quem viu mais bichos?

Eu digo que provavelmente vi mais bichos do que ele, mas que isso seria natural. Afinal de contas, sou vinte anos mais velho.

Antes mesmo que ele nascesse eu já tinha visto toneladas de bichos, digo.

Børre me pergunta se eu já vi castores.

Já.

Renas?

Já.

Tetrazes?

Já.

Ursos?

Não.

Børre já viu ursos. No zoológico.

No zoológico, claro, eu digo. Eu também vi ursos no zoológico. Mas achei que a gente não estava contando os bichos do zoológico. Børre não vê nenhum motivo para não contar os bichos do zoológico.

Então a gente também pode contar os bichos que vimos na TV, eu digo.

Børre me pergunta se eu tenho TV a cabo.

Ao fim de uma breve discussão, Børre concorda

em deixar de lado os bichos vistos em zoológicos. Concordamos em falar sobre os bichos que vimos em seu ambiente natural.

Primeiro eu sugeri que a gente falasse sobre os bichos que vimos na realidade, mas Børre logo me interrompeu para dizer que os bichos do zoológico também fazem parte da realidade.

É verdade.

E, para compensar a diferença de idade, combinamos que Børre pode contar também os bichos que o pai dele viu. Me parece justo. Fui eu que dei essa ideia. Mesmo assim, tenho quase certeza de que consigo ganhar.

Quando pergunto a Børre se ele sabe que bichos o pai dele viu, ele simplesmente acena a cabeça. Para ele parece inconcebível que o pai tenha visto bichos sem dizer nada a respeito.

Combinamos de pegar um bicho de cada espécie, independente do sexo e da idade. Assim não escrevemos garanhão, égua e potro.

Fazemos do jeito mais simples possível e escrevemos cavalo.

Eu preferia deixar de lado os bichos que todo mundo já viu. Senão vamos acabar listando um monte de animais comuns e sem graça. Cachorro e gato, por exemplo. E vaca.

Mas Børre acha que a gente não deve estabelecer nenhum tipo de diferença. Na opinião dele, bicho é bicho. Não é culpa do cachorro se ele é um bicho comum.

Não, não é mesmo, eu digo.

Esses são os bichos que Børre e o pai dele viram.
– Cavalo
– Cobra
– Galinha
– Baleia

Eu paro e pergunto se foi ele ou o pai que viu a baleia.
Foi o pai.
Pergunto a Børre se ele tem certeza.
Ele faz um gesto afirmativo com a cabeça e continua.

– Porco
– Cabrito
– Cisne
– Alce
– Rena
– Corça
– Gamo
– Bacalhau

Espere um pouco, eu digo. O bacalhau não é um bicho. É um peixe.

E o que tem?, Børre me pergunta.

Eu solto um gemido e digo que nesse caso vamos ser obrigados a listar todos os outros peixes também.

Claro, diz Børre.

Por acaso eu tinha pensado outra coisa?

– Hadoque
– Escamudo
– Salmão
– Tubarão

Pare com isso, eu disse. Você só pode estar brincando. Tudo bem que o seu pai tenha visto uma baleia, mas um tubarão? Não existe quase ninguém que tenha visto um tubarão. Mas claro que o pai de Børre viu um tubarão.

Onde, então?

Na Austrália ou em outro lugar, diz Børre. Me dou por vencido. Não tem muita coisa que eu possa fazer.

E ele também não viu um canguru?, pergunto com um pouco de sarcasmo.

Viu, diz Børre.

– Canguru
– Águia
– Tartaruga
– Porquinho-da-índia
– Boi-almiscarado
– Caranguejo
– Ovelha
– Esquilo
– Lontra
– Hamster
– Pica-pau

– Gato
– Coruja
– Sapo
– Raposa
– Lebre
– Tetraz
– Veado
– Texugo
– Passarinhos

Eu nunca devia ter dado essa ideia. Por sorte o ritmo logo começa a diminuir. Me sinto aliviado ao ver que Børre não sabe o nome dos passarinhos.

– Vaca
– Lagópode
– Arminho
– Cachorro

De repente ele fica em silêncio. Por muito tempo.
Børre continua pensando.
Vejo que está meio inseguro.
Depois ele diz mais uma palavra.

– Tigre
Tigre?, pergunto.
Børre faz um gesto afirmativo com a cabeça.
Não acredito, eu digo.

Mas é verdade, diz Børre.

Pergunto onde ele viu o tigre.

Na África, diz Børre.

Mas dessa vez eu o peguei de jeito. Todo mundo sabe que não existem tigres na África.

Todo mundo, menos Børre.

Eu digo que Børre devia subir e perguntar ao pai dele se ele já viu um tigre.

É uma questão de princípios.

Børre vai até a porta. Cabisbaixo. Vejo que ele hesita.

Depois de uns minutos ele volta. Está feliz. O pai dele não esteve na Índia. Não viu nenhum tigre, mas viu um urso polar. Em Svalbard. E Børre me mostra uma fotografia que o pai dele tirou do urso polar. Parece um bicho perigoso.

Perto de um pai desses tenho pouca chance. Risco o tigre da lista.

Por que você disse tigre?, eu pergunto.

Eu sabia que tinha me esquecido de um bicho, diz Børre.

Me parece uma boa resposta. Ele correu um risco. Foi uma coisa honrosa.

Por fim escrevo o último bicho da lista.

– Urso polar.

Acabou.

Logo vêm os bichos que eu vi.

Percorro a lista de Børre e do pai dele. Vi todos os bichos que eles viram, menos o tubarão, a baleia, o urso polar, o canguru e a lontra. Por que diabos eu nunca vi uma lontra?

Mas eu já vi um castor, e além disso vários peixes e pássaros, mas o pai de Børre também os deve ter visto, se formos analisar a questão com o devido cuidado. Mas não me dou esse trabalho e fico de boca fechada.

Børre e o pai dele venceram.

Børre ergue os dois braços em sinal de vitória.

Por simples curiosidade eu pergunto quais são os bichos que Børre viu. Não são muitos.

Ele viu cavalo, galinha, cachorro e gato, vaca, raposa, bacalhau e escamudo. E também uns pássaros que não sabe como se chamam.

Oito bichos e uns pássaros.

Børre se mostra satisfeito ao saber que vi menos bichos que ele e o pai. Ele me convida para subir com ele e brincar de autorama.

Parece divertido, mas eu estou cansado. E além do mais eu não aguentaria conhecer pessoalmente esse pai tão viajado.

Digo que vou pensar.

De repente deixamos para outra hora.

Børre diz que podemos fazer isso a qualquer hora.

QUATRO

Agora estou vendo um clipe musical na TV do meu irmão.

Praticamente nunca vejo TV, mas agora estou vendo um clipe musical.

O clipe é superbacana.

Quem está cantando é uma Alanis não sei das quantas.

Ela canta enquanto dirige um carro. Nos Estados Unidos. Está acompanhada por três amigas. As quatro estão viajando.

Alanis está usando uma jaqueta marrom e uma touca vermelha, a garota sentada no banco do carona está vestida com um blusão vermelho-escuro e as duas garotas do banco de trás usam um blusão verde e um blusão amarelo.

A música é superbacana. Parece que a letra é sobre o fato de que temos muito pouco controle sobre o que acontece com a gente.

A parte do verso é bem calma, mas o refrão é animal. Eu fico sentado, batendo as costas na cadeira ao ritmo da música. Lá vem o refrão outra vez. De repente me dou conta de que todas as garotas são a mesma. Todas são Alanis. Mas só aparece uma por vez. Ela trocou de blusão e apareceu como todas as garotas. Está fazendo uma viagem consigo mesma. E encontra o próprio olhar no retrovisor enquanto canta.

É muito interessante.

Ela parece estar superbem.

A Alanis sentada no banco do carona é a mais legal.

É o tipo de garota que eu queria para mim.

Não se preocupa com nada. Simplesmente aproveita. Aceita as coisas da maneira como são.

Enquanto olho para ela eu tenho vários pensamentos.

O primeiro é que eu devia ir para os Estados Unidos dirigir um carro.

Parece muito bacana. Simplesmente dirigir.

O segundo é que eu tenho o sonho de conhecer uma garota como a Alanis e de morar com ela. De ter uma vida junto com ela. Eu e ela. De viajar por várias praias, virando as pedras, e depois de um tempo, quando chegar a hora certa, ter filhos.

O terceiro pensamento é que eu me formei bacharel mas não sei o que eu quero ser.

Esse é o meu problema.

De preferência eu gostaria de fazer do mundo um lugar melhor. Seria o ideal. Mas não sei se é possível. Não sei o que preciso para fazer do mundo um lugar melhor. Não sei se é o bastante apenas sorrir para todas as pessoas que encontro.

A segunda opção é ser uma pessoa que não faz nenhuma diferença no mundo. Uma pessoa que não faz do mundo um lugar melhor nem pior. Talvez não seja tão recompensador, mas acho que tem muita gente nessa categoria. Não vai me faltar companhia.

A pior alternativa é ser uma pessoa que faz do

mundo um lugar pior. Se possível eu gostaria de evitar isso. Praticamente a qualquer preço. Mas acho que não é tão simples. Pode ser que eu me envolva com pessoas más e desonestas. Acontece nas melhores famílias. E nesse caso eu não poderia fazer nada. E o mundo acabaria um pouco pior e eu não olharia mais nos olhos das pessoas que encontrasse na rua.

Pode acontecer de uma hora para a outra.

O quarto pensamento é que Alanis com certeza tem namorado, e ele deve ser um cara bacana.

O CONJUNTO

Estou pensando em Ferdinand Finne. O pintor. Ele, que já é bastante velho, mas tem sempre uma aparência desavergonhadamente boa, e que dá a impressão de estar alegre o tempo inteiro enquanto pinta o mar e flores e o que quer que seja.

Alguém me contou que viu uma entrevista com ele na TV. Faz vários anos. Perguntaram a ele como descreveria a própria vida. Quando olhava para trás, o que seria a essência de tudo que tinha acontecido? Finne passou um bom tempo pensando e no fim respondeu que não muito tempo atrás tinha começado a notar que de certa forma a vida era meio como uma viagem.

Espero que seja verdade. Que tenham me contado essa história direito. Que Ferdinand Finne realmente tenha dito isso.

É uma excelente resposta.

Parto do pressuposto de que Finne sabe ler. De que sabe uma coisa ou outra. Se for assim mesmo, isso só pode significar que as coisas são menos complicadas do que imagino.

Espero que me encontre em condições de dizer a mesma coisa se alguém pedir que eu faça um resumo da minha vida quando tiver sessenta anos. Que eu possa refletir um pouco e dizer que acho que a vida se parece com uma viagem. E que acho que estou pensando esse pensamento pela primeira vez. Que eu mesmo o tive e que essa é minha opinião sincera.

Atualmente não tenho a menor condição de dizer uma coisa dessas. São muitos elementos a fazer confusão. Coisas que sei. Coisas que penso. Ironia. Coisas que penso que eu devia fazer e lugares para onde eu devia ir. Sempre outros lugares.

De vez em quando sinto inveja dos peixinhos dourados.

Afinal, a memória deles dura apenas alguns segundos. Para eles é impossível acompanhar uma sequência de pensamentos. Sempre fazem tudo como se fosse a primeira vez. Todas as vezes. E, enquanto não se dão conta dessa falha, a vida deve ser um interminável dia de sol. Uma festa. Puro entusiasmo, da manhã à tarde. E também à noite.

Essas são as coisas que eu pintaria se fosse pintor.

– Bicicletas

– Desertos

– Bolas

– Garotas

– Relógios

– Pessoas que chegam tarde demais para pegar o ônibus

O telefone começa a tocar.

Eu atendo.

É Kent, o meu mau amigo. Eu sabia que era uma questão de tempo até ele me encontrar e vinha esperando por esse telefonema com um certo nervosismo. Kent tinha ligado para os meus pais e eles evidentemente tinham dado o número de telefone do meu irmão para ele.

Não tem muita coisa que eu possa fazer. Kent está no telefone. Ele pergunta por que eu não mandei notícias.

A verdade é que é sempre ele quem liga. De vez em quando tenho a impressão de que ele não se deu conta de que é assim que funciona. Talvez ele ache que a gente se alterna ligando um para o outro.

Kent trabalha no Escritório Central de Estatística. Ele sabe quantos litros de leite os noruegueses bebem por ano e com que frequência as pessoas fazem sexo. Em média, claro. E além disso ele faz parte da Mensa, o clube para os dois por cento (ou coisa parecida) da população que tem o Q.I. acima de um número qualquer mais ou menos próximo de 140.

Ele adora os testes que definem o quociente de inteligência. Identificação de padrões. Testes de associação. Quantos litros de água correm por cilindros assim e assim, e quando os trens se encontram quando um parte de Bodø rumo ao sul a 80 km/h e outro parte de Lillehammer rumo ao norte a 84 km/h, mas faz uma parada de 27 minutos em Trondheim.

Às vezes ele chega a levar esses testes para as festas.

E passa o tempo inteiro tentando me convencer a fazer o teste da Mensa. Ele diz que com certeza não sou mais burro do que ele e que devo passar com louvor, mas sei que no fundo ele espera que eu seja reprovado. Nunca vou tentar.

Kent é um amigo realmente ruim.

Imprestável.

Já dei a entender diversas vezes que não acho que ele seja grande coisa, mas parece que ele não me leva a sério.

Eu o conheço desde a escola e a gente se divertiu bastante naquela época. Não seria fácil me livrar dele. E além disso eu tenho uma certa pena.

O mundo de Kent é cheio de tudo aquilo de que eu não quero que o meu mundo seja cheio. Quando ele abre a boca, em geral saem coisas idiotas ou constrangedoras. Ele é uma pessoa que vive em desarmonia com praticamente tudo. O assunto preferido dele são garotas e o que ele gostaria de fazer com elas. Ele é adepto das práticas sexuais mais bizarras que se pode imaginar e pelo que tudo indica não sabe onde traçar a linha que separa o certo do errado. Coisas que para mim são vulgares e humilhantes são boas para Kent. Felizmente o vejo pouco, mas o triste é que ele tem uma relação ainda mais distante consigo mesmo.

Para mim, Kent representa tudo aquilo do que eu quero me afastar. O lado sombrio da humanidade.

Se Kent tivesse um papel em *Duro de matar,* ele seria esmagado por um carro ou um elevador ainda durante os créditos de abertura.

Além disso ele fala alto demais.

E quando estamos no telefone ele fica esperando que eu diga alguma coisa.

Uma tarde com Kent é a última coisa que preciso a essa altura.

Uma cerveja, eu digo. A gente pode tomar uma cerveja.

Enquanto amarro os sapatos chega um fax de Kim. Me sinto aliviado por outra coisa ter desviado os meus pensamentos de Kent.

Kim também viu alguns bichos. Não muitos. Mas assim mesmo alguns.

– Cachorro
– Gato
– Porco
– Pomba
– Gaivota
– Corvo
– Pardal
– Chapim-azul
– Chapim-real
– Lebre
– Galinha
– Peixe

– Caranguejo
– Mexilhão-de- (Kim riscou essa palavra)
– Cavalo
– Vaca
– Burro
– Dromedário

É uma lista meio sofrível. Kim deve ter levado uma vida ao ar livre bastante estática. Um dia ainda vou levá-lo a ver o lugar onde ficam os alces. Eu conheço um lugar desses.

Quando chego ao café vejo Kent sentado com dois outros caras que eu não conheço. Kent me diz que um deles está acabando o doutorado em física e o outro é médico recém-formado e quer trabalhar como psiquiatra. Eu os cumprimento.

Kent pergunta o que ando fazendo e eu digo que abandonei a universidade e comecei a jogar minha bola na parede porque de repente nada parece fazer sentido.

Tudo indica que esse é um tipo de novidade que Kent não consegue digerir. Ele deixa o assunto de lado e pergunta se não andei saindo com nenhuma garota nesses últimos tempos. Digo que não saí com nenhuma.

Kent fica em silêncio.

Eu falo um pouco com os outros dois.

O psiquiatra me pergunta se vejo as minhas escolhas como ondas que quebram.

Pergunto se ele está falando sobre a dúvida. Se

ele quer dizer que fico em dúvida quando preciso tomar uma decisão.

Ele quer dizer aquilo que diz. Por acaso vejo as minhas escolhas como ondas que quebram?

De certa forma, talvez. Respondo que sim.

O psiquiatra acena a cabeça e diz que isso é bom. Se eu não visse minhas escolhas dessa forma, seria um psicótico.

Fazemos um brinde ao fato de eu não ser um psicótico.

Conto ao físico que andei lendo um livro sobre o tempo. Menciono rapidamente certas palavras-chave; Einstein, teoria da relatividade, o tempo não existe.

Mais ou menos, ele diz.

Peço a ele que não brinque comigo. Explico que isso é importante para mim.

O físico diz que não estudou a fundo a teoria da relatividade. Não foi além dos livros acadêmicos de uns anos atrás. Não tem muita gente que entende a teoria da relatividade, ele diz. Mas ele diz que ouviu falar que as pessoas que a entendem consideram-na uma teoria bonita e elegante.

Pergunto se ele entende que o tempo passa mais depressa no topo do Empire State Building do que no térreo.

Ele balança a cabeça. Diz que não entende. Mas ele não duvida que isso seja verdade, e simplesmente aprendeu a aceitar que é assim. Aprendeu a viver com isso. No geral ele pensa em coisas totalmente diferentes, e acha que eu devia fazer a mesma coisa.

Do nada, Kent começa a falar sobre uma garota com quem vem mantendo contato. É uma história de sacanagem. Ouço tudo até o fim sem fazer nenhum comentário. Depois pergunto se Kent está gostando do trabalho no Escritório Central de Estatística. Ele diz que sim e eu digo que bom.

Depois digo que vou para casa dormir.

Você pode me ligar uma hora dessas, diz Kent.

Claro, eu digo.

Na manhã seguinte eu acordo cedo e sinto que preciso comprar uma coisa para compensar o estrago causado pelo meu contato com Kent. Sinto que fui empurrado para trás.

Fico esperando a loja de brinquedos abrir por uns quarenta e cinco minutos. E tenho minha lista pronta.

Quero uma coisa que:

– Me ajude a canalizar minha agressividade
– Tenha cores vibrantes
– Possa ser usada diversas vezes
– Faça barulho
– Me faça esquecer Kent e o tempo

São muitas exigências para um objeto em uma loja de brinquedos. Seriam muitas exigências mesmo para um objeto em qualquer outro tipo de loja. Mas talvez dê certo, apesar de tudo.

Demoro um bom tempo. Não há outros clientes na loja.

Os funcionários me seguem atentamente com os olhos enquanto caminho ao longo dos corredores. Eu já disse que não preciso de ajuda. Preciso resolver isso sozinho.

Tenho um estalo quando chego à seção dos produtos Brio. Encontro um brinquedo que eu reconheço da minha infância. O brinquedo tem o potencial de satisfazer todas as exigências da minha lista.

É um conjunto de martelar.

A caixa é vermelha e bonita, e além do conjunto mostra um menininho que martela as peças no lugar. A base é amarela e tem o nome Brio escrito em grandes letras vermelhas. Os pinos que podem ser martelados na base são amarelos, e os pés são azuis. O martelo é vermelho e verde.

Uma sensação boa se espalha por todo o meu corpo.

Me lembro do conjunto de martelar como um brinquedo muito agradável.

Quando os pinos estão todos martelados no mesmo nível da base surge uma sensação de sentido. As coisas se encaixam. Ganham um sentido. E depois você pode virar a base e martelar tudo outra vez. É uma máquina perpétua que oferece ao usuário a sensação de que as coisas se encaixam.

Não exijo mais nada. Nem de pessoas nem de objetos.

Se eu martelar por tempo suficiente, talvez descubra uma sensação de sentido tanto no plano global como no pessoal.

Independente de qualquer outra coisa, não tenho nada a perder.

Compro o conjunto de martelar e volto para casa.

Hoje vai ser o dia em que eu começo a martelar.

Vou começar agora.

VÁCUO

Nos últimos dias fiz pouca coisa além de martelar. Martelei da hora que acordei até a hora de ir dormir.

É uma atividade deliciosamente monótona que me enche de alegria. Os pensamentos cessam. Me sinto muito grato à Brio.

Finalmente sinto que estou indo a algum lugar. Sinto que estou no lucro e também mais forte. Cheguei até mesmo a ler mais um pouco do livro sobre o tempo.

Agora estou lendo sobre a luz. Sobre a rapidez com que se desloca.

Quase 300.000 quilômetros por segundo. No vácuo.

Na atmosfera a luz anda um pouco mais devagar.

E um metro é definido como a distância percorrida pela luz em 1/299.792.458 segundo. No vácuo.

Mando um fax para Kim e pergunto sobre essa história de vácuo. Se é um assunto a respeito do qual ele entende. Se ele poderia me explicar o que é isso.

Ele me envia outro fax e diz que o vácuo é nada. Um espaço vazio de ar. Vazio de tudo. O vácuo é isso.

Eu tinha a esperança de que fosse algo mais. Mas na verdade é o suficiente. Se o vácuo não é nada, não existe motivo para dizer isso de maneira complicada.

O mais importante nesse fax é que Kim conhece

uma forma de fazer vácuo. Ele já fez vácuo umas vezes em dias chuvosos, segundo me escreveu.

É só eu pegar um pote de geleia, enchê-lo até a metade com água e colocá-lo no micro-ondas do meu irmão, sem tampa. O pote deve ficar lá até a água ferver. Depois eu devo tirá-lo do micro-ondas e fechar a tampa. Acontece uma coisa ou outra com a pressão no interior do vidro e o resultado vai ser um vácuo que eu posso segurar nas mãos.

Não é preciso mais nada.

Abro a geladeira e pego um pote de geleia de mirtilo que vence em pouco menos de um mês. Jogo o conteúdo na privada e lavo o vidro com sabão e água quente. Depois o encho até a metade com água e o coloco no micro-ondas. Coloco a potência no máximo e deixo o pote lá dentro.

Agora a água está fervendo.

Tiro o pote e espero uns segundos até o vapor diminuir.

Depois rosqueio a tampa.

Eu fiz um vácuo.

De certa forma é meio decepcionante. Não tem nada para ver. Mas eu sei que lá dentro do pote, onde a água não está, está o vácuo. Por estranho que pareça, é um pensamento agradável.

Gostaria de saber para que usar esse vácuo.

A luz passa o tempo inteiro pelo vidro.

Eu li que a luz é feita de partículas. Fótons. E agora os fótons estão atravessando o vidro. Mais depressa do que os fótons que estão do lado de fora.

Para aumentar o efeito, levo o pote comigo até o banheiro e apago a luz. Em seguida acendo o farol da minha bicicleta e o seguro contra o vidro.

Tudo está quieto.

Nada indica que no banheiro do meu irmão há coisas se deslocando a quase 300.000 quilômetros por segundo. A situação não tem nada de dramático, mas assim mesmo sinto-me tomado por uma espécie de solenidade.

O banheiro do meu irmão tem menos do que 300.000 quilômetros. Bem menos. Não consigo descobrir o que acontece com os fótons. Não sei se param ao bater na parede ou se ricocheteiam. A única coisa que sei é que não desaparecem. Paul escreve que nada desaparece.

Passamos um bom tempo no banheiro.

O vácuo, os fótons e eu.

É interessante.

Passado um tempo eu desligo o farol da bicicleta e saio do banheiro. Coloco o vidro de vácuo no parapeito da janela. Ele pode ficar lá e fazer uma bela surpresa aos fótons que o encontrarem pelo caminho.

Me sinto bem. É mais ou menos a mesma sensação que tenho quando alimento os passarinhos, ou quando dou dinheiro a uma pessoa que tem menos do que eu.

Depois me sento à frente do conjunto de martelar e martelo até a hora das notícias no *Dagsrevyen*.

O PÁSSARO

Aqui está mais uma história.

É também uma história sobre um mundo bom.

Aconteceu antes de eu nascer.

Meu irmão e meus pais estavam de férias na Dinamarca. Tinham alugado uma casa na praia.

Não sei que idade o meu irmão tinha nesse verão, mas acho que era bem pequeno. Talvez uns sete anos.

Ele corria de um lado para o outro, tomava banho de mar e jogava gravetos e outras coisas na água.

Devia estar se divertindo.

Um dia ele encontrou um pássaro ferido. Acho que era um filhote de gaivota. O filhote estava lá, caído no chão. Não conseguia voar.

Meu irmão não tinha nenhuma experiência com a doença e a morte. Ele teve pena do pássaro. Achou triste que estivesse lá, doente e sozinho. Meu irmão queria que o pássaro se recuperasse, que voasse e reencontrasse a família e acabasse bem, fazendo todas as coisas que os filhotes de gaivota costumam fazer.

Meu irmão cuidou do pássaro. Ele o levou com todo o cuidado até a casa de veraneio e o colocou numa caixa forrada com algodão. Deu-lhe água e comida e conversou com ele.

O pássaro era a primeira coisa em que o meu irmão pensava ao acordar, e a última coisa em que pensava antes de ir dormir.

Pela manhã o meu irmão corria para ver como estava o pássaro, e no fim da tarde ele dava boa-noite e passava a mão delicadamente ao longo da asa.

Meu irmão se afeiçoou por esse pássaro.

Passou a ser importante para ele que o pássaro ficasse bom.

Meus pais torciam para que o pássaro ficasse bom. Estavam vendo quanto sentimento o meu irmão tinha investido nele. E receavam que o meu irmão pudesse ficar triste se o pássaro morresse.

Meu irmão achava que o pássaro estava melhor a cada dia que passava. Achava que percebia essa recuperação. E o tempo inteiro ele acreditava que a qualquer momento o pássaro podia ficar bom, e que então voaria mais uma vez rumo à liberdade.

Mas não foi o que aconteceu.

Certa manhã, enquanto o meu irmão ainda dormia, meu pai descobriu que o pássaro tinha morrido. Ele o enterrou em um lugar meio afastado da casa.

Quando meu irmão acordou, meu pai disse que o pássaro tinha ficado bom e voado para longe. Ele disse que o meu irmão tinha cuidado tão bem do pássaro e sido tão bom para o pássaro que ele tinha ficado bom.

Nem a minha mãe nem o meu pai tiveram coragem de contar para o meu irmão que o pássaro tinha morrido. Devem ter achado que mais cedo ou mais tarde o meu irmão teria vivências dolorosas.

E decidiram protegê-lo enquanto ainda podiam.

Meu irmão fez tudo que podia para salvar o pássaro. E de repente ficou sabendo que ele tinha voado.

Ele ficou muito feliz. Era bom imaginar que o pássaro estava em um lugar qualquer. Bem. E que ele o tinha ajudado.

A única coisa que o meu irmão achou meio besta foi que o pássaro não se despediu.

Meu irmão deve ter sentido que o mundo era um lugar bom. Que era possível fazer coisas, e que às vezes as coisas acabam bem, e não mal.

Meu irmão ainda acha que o filhote de gaivota ficou bom.

Ninguém contou para ele o que aconteceu de verdade.

A GAROTA

É cedo da manhã e a campainha toca. Ponho o conjunto de martelar de lado e abro a porta.

Børre está lá com um homem que imagino ser o pai dele. É uma surpresa e tanto, mas eu os convido a entrar. O pai se apresenta e trocamos um aperto de mão.

Percebo que Børre estava chorando. O pai está meio constrangido. Ele pergunta se estou limpando o apartamento. Respondo que não e pergunto por quê.

Ele diz que ouviu batidas.

Explico que de fato estou usando parte do meu tempo livre para martelar um pouco. Mas realmente só para mim. Só um pouquinho. E mostro a eles o conjunto de martelar.

O pai de Børre faz um gesto afirmativo com a cabeça. Ele não sabe direito o que pensar.

A questão é que a família de Børre está indo para Hamar fazer uma visita à avó doente, mas Børre se nega a ir junto. Ele acha tudo aquilo triste demais. E agora os pais não sabem o que fazer. Børre está totalmente fora de prumo. Deve ter chorado por um bom tempo. E aconteceu que o pai dele pensou em mim. Børre falou muito a respeito de mim.

E da minha bicicleta.

O pai diz que sabe que não é pouca coisa a pedir, mas que se eu tiver disponibilidade... Seria uma ajuda enorme. A situação é um pouco desesperadora. A avó vai ficar muito triste se a família não for visitá-la.

Pergunto a Børre se ele gostaria de ficar comigo.

Ele acena a cabeça e engole o choro.

Eu digo que tudo bem. Que afinal de contas eu não tinha nenhum plano para o dia.

O pai fica muito agradecido.

Eles vão passar a noite fora, mas retornam no dia seguinte. O pai me entrega as chaves do apartamento e me diz que horas Børre deve estar na cama e que horas deve comer.

E repete que está muito agradecido.

Eu digo que não há o que agradecer, e pergunto como foi ver um urso polar.

Ele diz que foi impressionante. É um bicho agressivo. Muito grande.

E então a mãe, o pai e a irmãzinha de Børre partem rumo a Hamar. Descemos até o jardim e acenamos para eles.

Logo estou a sós com Børre. Temos que inventar coisas para fazer. De preferência coisas divertidas.

Enquanto eu tomo café da manhã, Børre desenha sentado ao meu lado. Ele desenha um carro de corrida.

Eu digo que ele pode brincar com o conjunto de martelar, mas Børre prefere fazer desenhos. Ele passa um bom tempo desenhando um carro de corrida. Por fim ele o pinta.

Quando Børre termina o desenho, chega um fax do meu irmão. Børre acha que aquilo é sobrenatural. Um mistério. Não entende como é possível. Uma folha com texto aparece na sala. Ele quer saber de onde veio aquilo. Eu digo que veio da África.

Børre pede que eu lhe dê a folha.

Só vou ler, e em seguida dou para você, eu digo.

Estou lendo o fax do meu irmão.

O fax desfaz um mal-entendido.

Fica claro que ele não está na África, mas nos Estados Unidos.

Devo ter confundido os dois continentes.

Ambos começam e terminam com A.

E afinal, os dois ficam muito longe.

De certa forma eu me decepciono um pouco.

A África é bem mais exótica do que os Estados Unidos. Ter um irmão na África é emocionante. É meio como ter dinheiro no banco. Nunca sabemos ao certo quanto vai haver lá quando voltamos ao banco para fazer um saque.

Um irmão nos Estados Unidos é bem menos interessante. Todo mundo tem uma pessoa da família nos Estados Unidos em um momento ou outro.

Entendo que meu irmão vendeu uma coisa ou outra por lá. Ele ganhou um bom dinheiro e quer me pedir um favor. Tem qualquer coisa a ver com o fato de que agora o dólar está barato em relação à coroa norueguesa. Muito barato. Meu irmão pede que eu compre um carro para ele.

Ele vai precisar de um carro assim que voltar para casa. Vai ser bom para ele se todas as formalidades relativas à compra e à transferência já estiverem resolvidas.

Ele me pede para comprar um carro.

Preciso mandar imediatamente para ele um fax com o número da minha conta, e então ele vai transferir dinheiro suficiente para que eu compre um carro.

Anoto o número da minha conta no verso do desenho do carro de corrida feito por Børre. E também faço perguntas a respeito do carro. Que tipo de carro o meu irmão quer? Que cor? Precisa ter airbag?

Envio uma folha por fax para os Estados Unidos.

Minutos depois o desenho do carro de corrida sai mais uma vez do aparelho de fax, em preto e branco. Børre está no sétimo céu. Agora ele tem dois desenhos do carro de corrida. Um original e uma cópia de segunda geração.

Acima do carro meu irmão escreveu "O que é isso? E onde está o número da conta?".

Viro a folha com o desenho do carro de corrida e envio o número da conta e as perguntas outra vez.

Meu irmão responde que confia em mim no que diz respeito à marca do carro. Mas precisa ser um carro bacana. Um símbolo de status. O carro deve ter uma aparência jovem e esportiva. E precisa ser vermelho ou verde. Talvez verde-oliva. E precisa ter airbag.

Børre acha legal saber que vou comprar um carro. Ele acha que eu devia comprar um carro de corrida.

Meu irmão me confiou uma grande tarefa. Me sinto lisonjeado. Eu nunca comprei um carro antes.

Børre acha que a gente deve enviar o desenho do carro de corrida por fax para a avó dele. Explico que poucas avós têm um aparelho de fax, mas que assim mesmo podemos enviar o desenho por correio se ele tiver o endereço.

Børre acha que é melhor deixar pra lá se não podemos mandar por fax.

Saímos para olhar os carros. Eu e Børre.

Primeiro olhamos os carros na rua. Olhamos para dentro dos vidros e conferimos o número máximo indicado pelo velocímetro. Para Børre, nada mais importa. Ele descobre um BMW com um velocímetro que vai até 280. E acha que eu devia comprar aquele modelo.

Entramos numa concessionária da Volvo e experimentamos modelos da Volvo. O vendedor acha que

Børre é meu filho. Ele me trata como um cliente em potencial, nos mostra diversos modelos e fala sobre especificações técnicas. Diz que a Volvo tem uma grande preocupação com a segurança.

Børre confere o velocímetro. O último número é pouco mais de 200. Ele balança a cabeça.

Børre, eu digo, 200 quilômetros por hora é mais do que você imagina.

Agora estamos fazendo um test-drive do Volvo na E18. Børre bate palmas. Está sentado na cadeirinha que pegamos emprestada com o vendedor.

Já estamos a 200?, ele pergunta.

Quase, eu digo.

O carro é bom. E verde.

Quando eu chegar em casa vou mandar um fax para o meu irmão dizendo que o carro tem boa estabilidade, seja lá o que isso for.

Saio da autoestrada e volto à cidade por uma estrada rural. É bom sacolejar um pouco.

Paramos em um mercado e compramos sorvete.

Enquanto tomamos o sorvete, leio os avisos pendurados junto à porta de entrada. São anúncios de bingo e aulas de hipismo. Mas também encontro um outro anúncio. Um anúncio bonito. Para Børre.

Leio o anúncio para ele.

Olá

O meu nome é Jessica. Eu gostaria de saber se

alguém quer comprar essas coisas, porque eu tenho coisas que não uso no meu quarto. As coisas são:

Xampu de henna, frasco com cerca de 10 cm de comprimento, preço: 10 coroas.

Hidratante de melão, frasco com cerca de 8 cm de comprimento, preço: 5 coroas.

Trolls gêmeos com longos cabelos brancos e porta-chaves, um deles com uma estrela na barriga: 5 coroas o par.

Carimbos com um pacote e flores, 10 coroas o par.

Brincos novos de pérola branca, 10 coroas.

Broche novo, 5 coroas.

Figurinhas dos Power Rangers em uma lata com cerca de 10 cm de comprimento, cheia de figurinhas, 20 coroas.

Cofrinho com o pato Sam, 5 coroas.

Miniaturas de Kinder Ovo, 3 leões (2 repetidos), um sapo, uma tartaruga, 10 coroas o conjunto.

Mola maluca colorida. Dobrável e flexível. Consegue descer escadas, 10 coroas.

Um elefante que é um paliteiro de porcelana, 10 coroas.

Se está interessado, ligue e fale com Jessica pelo telefone: 22474564.

Børre está interessado.

Não nas coisas de menina, mas nas figurinhas dos Power Rangers e talvez em outras coisas. Ele não sabe ao certo. Teria que ver primeiro.

Vamos até uma cabine telefônica e ligamos para o número. É Børre que fala. Ouço-o perguntar se Jessica está em casa. Quando a voz do outro lado da linha pergunta quem gostaria, Børre diz que é ele que está ligando.

Børre.

Jessica e ele passam um bom tempo conversando. Børre repete sim e repete Power Rangers. Depois ele pega um endereço e desliga.

Os brincos de pérola e o broche já foram vendidos, mas as outras coisas não.

Børre não cabe em si de tanta empolgação.

Jessica nos recebe na escada. Ela deve ter uns doze anos e tem os cabelos presos em uma trança. Os pais dela também estão em casa. E uma irmã mais velha que parece a garota que dirigia o carro e cantava no clipe a que eu assisti na TV do meu irmão. Ela parece ter a minha idade.

Todos nós apertamos as mãos uns dos outros.

O pai de Jessica começa a falar sobre o Volvo. Ele sabe que aquele é um modelo novo.

Børre e Jessica vão ao quarto de Jessica.

Me oferecem café e biscoitos.

Os pais acham meio constrangedor que Jessica tenha colocado o anúncio no mercado. Têm receio de que as pessoas achem que estão passando necessidade e que Jessica não ganha mesada. Eles me explicam que não é nada disso.

Não passam mais necessidade do que qualquer outra pessoa, segundo me dizem.

Quando a mãe de Jessica me serve café, sou obrigado a dizer que não bebo café. Ela pergunta o que eu gostaria de beber e eu digo que seria ótimo se tivesse água ou refrigerante. Ou suco.

Ela volta à cozinha.

O pai de Jessica comenta que é pouco comum uma pessoa não beber café. E claro que ele tem razão.

Eu tenho essa discussão toda vez que descobrem que eu não bebo café.

Explico que não excluo a possibilidade de um dia começar a beber café, mas que por ora não gosto.

Na verdade, nunca experimentei.

Já tive café na boca, mas nunca engoli.

A mãe de Jessica volta com um copo de suco de laranja.

O pai de Jessica fala sobre carros. Diz que também tem um Volvo. E que depois que uma pessoa tem um Volvo, exclui-se a chance de experimentar outros carros.

Certa vez ele estava prestes a comprar um carro japonês, mas acabou desistindo. Não que houvesse qualquer problema com esse outro carro.

Mas enfim – Volvo.

Esse é o carro. Segurança. É como um velho amigo. Nada de perder tempo. E ele larga a xícara de café e faz um gesto com a mão que parece significar "Pé no fundo, para sempre. E sol o dia inteiro".

Enquanto ele fala, estou sentado olhando para Lise, a irmã mais velha de Jessica. Ela lança um olhar complacente em direção ao pai. Lise é bonita.

Eu digo ao pai que concordo. A Volvo é uma boa marca.

Depois pergunto a Lise o que ela faz.

Ela responde que está tentando ser fotógrafa. Tira fotografias para duas ou três revistas femininas. Mas acima de tudo queria tirar as fotografias dela.

Eu conto que às vezes também tiro umas fotografias. Digo que tenho uma câmera. Uma Nikon.

A Nikon é excelente, diz o pai.

A Nikon é boa, diz Lise.

Børre e Jessica saem do quarto de Jessica.

Børre tem nas mãos uma lata com figurinhas dos Power Rangers, um frasco de xampu de henna e um cofrinho em forma de pato.

Ele tem um sorriso de orelha a orelha e pergunta se eu tenho 35 coroas.

Quando estamos prestes a pegar o carro e ir embora a mãe de Jessica nos convida para jantar. A comida está quase pronta.

Acho que seria abusar da boa vontade, e além

disso preciso devolver o carro. Recuso educadamente e explico que temos um compromisso.

Agradecemos pelas compras e pela hospitalidade, e Jessica e a família acenam quando partimos.

Assim que engato a segunda marcha eu vejo Lise mais uma vez.

No retrovisor.

Faz um bom tempo desde a última vez que vi uma garota e pensei que era o tipo de garota que eu devia ver com mais frequência. Talvez com frequência diária até. Mas é o que eu penso agora.

Ela devia estar sentada ao meu lado, no banco do passageiro, com um blusão vermelho. E a gente devia ir de carro para lá e para cá. Juntos.

Acho que tudo seria bem melhor se eu arranjasse uma namorada.

Esse pensamento é de uma imaturidade terrível.

Mas assim mesmo eu me sinto inclinado a torcer para que esteja certo.

Não quero excluir essa possibilidade.

Børre está satisfeito com o dia.

Já dei a ele uma moeda para que colocasse no cofrinho. Quando pergunto o que vai fazer com o frasco de xampu de henna, ele diz que vai dá-lo de presente para a mãe.

Vejo que ele se alegra com essa perspectiva.

O ESPAÇO

Agora Børre está dormindo.

Estava muito cansado. Brincamos de autorama por um bom tempo depois do horário em que ele devia estar na cama.

Eu o deixei ganhar.

E depois jogamos um jogo em que dizíamos a primeira palavra que nos vinha na cabeça. Depressa.

Achei que eu diria por exemplo sol e Børre diria verão, mas logo as coisas degringolaram. Børre dizia cocô o tempo inteiro. Independente do que eu dissesse, ele dizia cocô. E em seguida ria muito.

Mas agora ele está dormindo.

Passei no apartamento do meu irmão e mandei um fax para os Estados Unidos. Escrevi "Volvo – pé no fundo, para sempre. E sol o dia inteiro". E além disso peguei um blusão de lã.

Agora estou sentado na sacada do apartamento de Børre bebendo gim-tônica. Os pais dele têm uma cristaleira com muitas garrafas.

Depois de beber o suficiente para tomar coragem, pretendo ler mais daquele livro assustador sobre o tempo.

Agora estou lendo.

Paul escreve a respeito de Einstein.

Entendo que Einstein é meu amigo.

A teoria dele implica dizer que de certa forma o

presente, o passado e o futuro existem lado a lado. Essa é uma das consequências da teoria da relatividade. Naturalmente não entendo como isso seria possível, mas pouco importa. Estou pouco me lixando para saber como isso é possível. A questão é que me sinto aliviado depois de ter lido isso.

Encho o meu copo e continuo.

Me irrita demais ler que os especialistas (quem quer que sejam) não chegam a um consenso em relação ao que é o tempo. Uns querem definir de uma vez por todas uma espécie de tempo universal que possa servir como uma unidade de medida para a transformação, enquanto outros mostram-se dispostos a declarar o conceito de tempo como ultrapassado e morto, como inexistente. Claro que ainda podemos usar relógios. Podemos continuar a medir a transformação em segundos, horas e anos, mas a ideia de que o tempo é uma coisa que simplesmente está lá não serve para nada. Esse último grupo tem minha absoluta simpatia. No que diz respeito a mim, pretendo fazer lobby para que um dia essa visão prevaleça.

Essas coisas todas parecem cada vez mais interessantes.

Minha própria existência acaba meio em segundo plano.

Perspectiva.

Perspectiva é uma coisa que as pessoas deviam poder comprar e injetar na veia.

Paul não tem medo de pensamentos grandiosos.

Agora discute a eternidade.

É importante saber que a eternidade não é apenas um número muito grande, de acordo com o que escreve.

A eternidade é completamente distinta de tudo aquilo que é apenas enorme e inconcebivelmente grande. Se o universo é infinito e dispõe de tempo infinito, isso não significa apenas que tudo pode acontecer. Significa que tudo vai acontecer.

Independente do quanto um evento qualquer pareça improvável ou de quanto tempo leve, mais cedo ou mais tarde tudo vai acontecer.

Isso significa que, se eu vivesse para sempre, faria tudo e vivenciaria tudo.

Mas esse tipo de coisa dificilmente pareceria interessante, a não ser que o meu cérebro tenha condições de pensar um número infinito de pensamentos.

Com toda a sinceridade, não sei dizer se eu conseguiria.

Largo o livro à minha frente e vejo se consigo pensar em alguma coisa.

Alguma coisa nova. Não importa o quê.

Fecho os olhos e tomo uns goles de gim-tônica. De início não penso em nada de especial, mas depois penso em Lise. De certa forma, esse pode ser um pensamento novo.

Por enquanto serve.

Mas logo vêm mais. Vejo imagens. Uma colheitadeira e uma praia. E um peixe. Não sei bem se devo chamar essas imagens de pensamentos, mas de qualquer modo são coisas novas.

Duvido que eu tivesse a fantasia necessária para viver para sempre.

Agora Paul começa a dizer uns negócios bem hardcore.

Ele afirma que tudo indica que o universo teve um início preciso, e que também deve ter um fim.

Paul diz que tudo aquilo que conhecemos um dia vai desaparecer. É o que ele diz. Depois do Big Bang o universo se expande em todas as direções. A força que leva o universo a se expandir é grande, mas há indícios de que a massa do universo um dia vai ter uma força gravitacional total ainda mais forte do que essa força.

Nesse momento o movimento de expansão cessa, e então as estrelas, sistemas e todo o resto começa a encolher outra vez. Tudo vai acontecer outra vez de trás para a frente, e no fim o universo vai acabar totalmente compactado.

Paul chama isso de Big Crunch.

E depois não vai acontecer mais porra nenhuma. Assim como não acontecia nada antes do Big Bang, simplesmente porque não existia um "antes" em que qualquer coisa pudesse acontecer.

Talvez o universo comece a encolher já daqui a umas centenas de bilhões de anos, embora possa demorar um quatrilhão de anos.

Depois disso vamos ter pouco tempo para fazer nossas malas e nos preparar para o fim.

Eu adoro esses números.

Paul é um demônio com números.

A certa altura do livro ele opera com um número que segundo diz seria um número um acompanhado por vários milhões de zeros logo atrás. Era a distância, em anos-luz, até um corpo celeste ou um sistema de qualquer coisa que se encontra em um lugar muito distante do nosso sistema solar.

Ele também menciona um cálculo que chegou à conclusão de que o número total de galáxias no universo encontra-se próximo de dez bilhões, e que cada uma delas tem mais ou menos cem bilhões de estrelas do tamanho do sol.

Esses números são tão absurdos que por mais estranho que pareça eu me sinto de bom humor. Tudo isso é muito impactante.

Acredito que Paul deva sentir-se mais ou menos como eu.

Tem pouca coisa que eu possa fazer a respeito disso tudo.

É libertador.

Minha responsabilidade pessoal diminui consideravelmente. Sinto isso nesse exato instante. O sentimento de responsabilidade diminui. Em um ritmo muito acelerado.

Não sou praticamente nada.

A rigor esse devia ser um pensamento assustador, mas não é assim que me sinto.

Talvez o álcool esteja me enganando. O fato de que o universo parece ter um fim naturalmente diminui a intensidade de uma coisa ou outra. Todos os pensamentos sobre a vida eterna ficam entalados na garganta.

Mas não me sinto incomodado. Pelo menos não agora.

Pelo contrário. Me sinto mais vivo do que me senti em muito tempo.

De repente parece bom ter um prazo. A verdade é que eu sempre trabalho bem sob pressão.

Se conseguirmos nos desenvolver aqui na terra por mais uns milhares ou milhões de anos, vou me dar por satisfeito.

Depois tudo pode explodir e se compactar o quanto quiser.

O que parece mais intenso em tudo isso é a ideia de que eu não pedi para estar aqui. Simplesmente estou aqui. E é assim com todo mundo. Estamos todos juntos aqui. Mas ninguém pediu nada disso.

Não é nossa culpa.

Estou sentado, olhando para a noite com um sentimento lírico quando Børre surge andando a passos miúdos.

Está acordado porque teve um sonho ruim e perigoso. Ele senta-se no meu colo e eu o enrolo no blusão de lã. Afago-o e digo que ele não tem motivo para sentir medo. Foi apenas um sonho. E amanhã é um novo dia. Børre esfrega os olhos e pergunta se posso cantar uma canção.

Claro que posso. Posso cantar "Fola Fola Blakken". Poucas coisas são mais aconchegantes do que essa canção.

Na letra, quando o menino chega sorrindo à cocheira e conta ao cavalo Baio que o pai havia dito que o animal podia descansar no dia seguinte sem fazer mais nada além de comer e talvez dar um passeio com o menininho no pescoço, tudo faz sentido.

Drøm om det du Blakken. Bare ete, bare stå.
Kanskje rundt på tunet gå, med veslegutt på nakken.

Levo Børre de volta para a cama e me deito ao lado dele até que pegue no sono. Depois volto e me sento mais uma vez na sacada. Com um copo d'água. Olho para a cidade. As pessoas dormem.

Encho a boca de água e engulo aos poucos.

A água é uma coisa boa.

Se eu tivesse que escolher uma única coisa dentre todas as que existem, certamente eu escolheria água.

Me sinto melhor do que me senti em muito tempo.

Primeiro a bola, depois o conjunto de martelar e agora isso, todos esses números enormes. Essa sensação agradável de irresponsabilidade.

Talvez eu esteja melhorando.

Talvez eu consiga me virar.

E enquanto o dia nasce eu estou aqui sentado, pensando que sou um cara legal e que pode acontecer o que tiver de acontecer com o espaço e o tempo e tudo que existe.

CRAZY LOVE

Estou sentado em frente à TV esperando que a ressaca passe e eu possa voltar a martelar. Tentei amarrar um pano em volta do martelo, mas assim mesmo o barulho é alto demais. A Brio devia ter feito os pinos que são martelados de madeira em vez de plástico.

Seria ótimo poder martelar agora. Eu poderia recapitular os meus pensamentos de ontem à noite de forma mais cautelosa. Mas tenho que esperar.

Agora tudo parece zumbir ao meu redor. Foi toda aquela história de espaço. Pensei que tudo era indiferente.

Mas não é como eu me sinto agora.

Húbris.

Os pais de Børre ficaram tão agradecidos que pareciam não saber o que fazer. Quiseram me pagar, mas eu disse que estava fora de cogitação e que além do mais eu tinha me servido das bebidas deles.

Børre não queria que eu voltasse para casa sozinho. Ele é um bom menino.

A TV é legal.

Eu devia assistir mais TV. Me distraio de uma forma agradável. Não sei direito que pensamentos são meus e que pensamentos vêm da TV.

Os programas sobre animais são os melhores.

David Attenborough explica que a natureza é complexa e que tudo se encaixa. Vespas que se orientam graças à posição do sol. Elas sabem o que fazem, as vespas. Sabem muito melhor do que eu. Agora está dando um comercial. Eu gosto dos comerciais de carros. Quase todos se passam em um deserto ou outro. Os carros andam depressa no deserto. Um carro sozinho com o sol escaldante logo acima. O último comercial da Volvo também se passa num deserto. O carro parece bacana. E anda depressa. O cara que dirige não tem mais nada a fazer senão dirigir no meio do deserto. Ele só dirige.

Acho que vou comprar um Volvo. Um Volvo verde.

Meu irmão vai gostar.

Outra coisa que me atrai são as representações gráficas de como xampus e pastas de dente funcionam. É de uma pedagogia deliciosa. Posso ver como os produtos eficazes penetram nos cabelos ou nos dentes para limpar e deixar tudo em ordem. No fim as coisas acabam melhores do eram antes. Isso é o que importa. Que as coisas melhorem.

Mas eu sinto uma certa agressividade em relação a objetos e comidas animadas. São biscoitos que saltam para fora da caixa e dançam no balcão da cozinha enquanto chamam o queijo condimentado na geladeira, e quando o queijo condimentado chega os biscoitos se atiram no pote e se cobrem de queijo.

É doloroso assistir a uma coisa dessas.

Hoje em dia o pessoal que faz comerciais faz animação pra tudo. Alguém devia dar um tiro no pé deles. Devia haver limites para a imbecilidade.

Essas são as coisas que na minha opinião jamais deviam ser animadas em comerciais de TV:

– Biscoitos e pães
– Laticínios em geral
– Chocolates
– Carnes e derivados
– Peixes e produtos derivados
– Detergentes (e luvas para lavar a louça)
– Ovos
– Frutas e verduras
– Relógios

Passo um tempo assistindo aos noticiários suecos. Descubro uma matéria sobre empregados do governo que fazem mal uso de dinheiro público. O assunto é muito sério, mas eu fico de bom humor. As pessoas são completamente loucas.

Esse caso em particular envolve um grupo de funcionários municipais de Bruxelas. A coisa saiu um pouco de controle e todos acabaram se dando mal depois de pagar a diversão noturna em um clube de sexo com o cartão de crédito do município. São mais de trinta mil coroas norueguesas. Em uma noite.

Eu imagino o extrato bancário. É isso que me deixa de bom humor. Primeiro um lançamento relativo à compra de tintas na Dahls Färghandel, depois um lançamento de combustível na Texaco e por fim seis lançamentos seguidos no clube de sexo Crazy Love.

As pessoas apresentaram desculpas terríveis. Um dos envolvidos disse que não se lembra de nada do que aconteceu naquela noite. Outro diz que não sabia que o lugar era um clube de sexo. Tenho pena dessa gente.

Dahls Färghandel
Texaco
Texaco
Crazy Love
Crazy Love
Crazy Love
Crazy Love
Crazy Love
Crazy Love

Agora estou assistindo a uma série que acompanha o trabalho da polícia durante as ocorrências. Nos Estados Unidos. Estão fazendo a reconstituição de uma boa ação feita por dois policiais em Los Angeles uns anos atrás. Fico surpreso ao perceber que tenho lágrimas nos olhos.

Me comovo com a reconstituição de uma boa ação. Os dois policiais fazem um relato no interior da delegacia, e ao mesmo tempo os espectadores veem tudo que aconteceu. Os produtores chamaram atores que se parecem com os dois policiais. A ilusão é muito convincente.

Aqui está o que aconteceu.

Na véspera de Natal, uma mulher negra chora na frente de casa em um subúrbio pobre de Los Angeles. Os policiais chegam na viatura. Param e se perguntam qual seria o problema. A mulher conta que, enquanto visitava a filha com câncer no hospital, alguém roubou tudo o que tinha. Todos os móveis, toda a comida na geladeira, até mesmo os presentes das crianças foram levados. E dentro da casa estão três crianças tristes. Não vai haver Natal.

Os policiais dizem que não podem fazer muita coisa. Esse tipo de ocorrência quase nunca é esclarecido. Mas, por via das dúvidas, os dois tomam nota dos brinquedos que a mulher havia comprado para os filhos.

Quando sentam-se novamente na viatura, os dois policiais comentam o horror daquela situação. Nossa sociedade está perdida etc. E os dois resolvem comprar presentes de Natal para os filhos da mulher com o dinheiro deles mesmos. Afinal de contas é Natal e os dois têm tudo que é necessário, enquanto aquela pobre mulher e os filhos dela não têm nada.

Os policiais param numa loja de brinquedos e compram as coisas que estavam na lista. São muitas coisas. Coisas da ordem de duzentos dólares.

Os policiais começam a falar com o proprietário da loja e explicam o que estão fazendo. O proprietário se comove com aquela boa ação e se dispõe a pagar metade do valor. Afinal de contas é Natal. Quando os policiais entram na viatura para reencontrar a mulher chega uma chamada da delegacia. Precisam deles naquele exato instante.

Na delegacia o chefe pergunta o que estava acontecendo, e logo fica claro que o proprietário da loja de brinquedos ligou para uma emissora de TV e que a emissora agora quer entrevistar os dois policiais.

É muito raro ter coisas alegres para noticiar, e agora é Natal e o país merece ter um acontecimento bonito ao redor do qual todos possam se reunir.

A bola começa a rolar.

Várias outras emissoras noticiam a história. A CNN chega de repente. Logo todo mundo nos Estados Unidos está a par do que aconteceu. Os policiais recebem cumprimentos de toda parte e o presidente Reagan liga para dizer que está orgulhoso deles. As pessoas mandam dinheiro e presentes e um homem se oferece para dar uma nova casa em um bairro melhor àquela mulher.

E de repente todos percebem que a mulher não sabe de nada daquilo. Ela não tem TV nem rádio. Ela e as crianças estão na casa vazia, sozinhas. Acham que não vai haver Natal.

Os policiais decidem esperar até o dia seguinte, Christmas Day.

Na manhã seguinte a mulher negra se levanta, acorda os filhos e diz que todos vão ao hospital desejar um feliz Natal à filha com câncer.

As crianças acham que é muito triste fazer isso

sem presentes, mas a mulher diz que eles ainda têm uns aos outros e que devem sentir-se gratos por isso. E de repente todos ouvem sirenes. A mulher suspira e diz que nem mesmo naquele dia sagrado as pessoas conseguem ser boas umas com as outras. Mas de repente o filho olha pela janela. A rua está cheia de gente. Viaturas de polícia, caminhões de bombeiro, câmeras e pessoas. Os dois policiais estão no gramado, com os braços cheios de presentes. Alguém começa a levar móveis para o interior da casa. A mulher não entende o que está acontecendo, mas logo reconhece os policiais. Eles a abraçam e entregam-lhe um cheque de dezoito mil dólares.

E então a mulher começa a chorar.

E eu também choro um pouco.

Minha dor de cabeça desapareceu. Começo a martelar.

De novo essa história de espaço. Todos aqueles pensamentos da noite passada não serviram para me deixar menos mortal. Quando o universo é efêmero, logo surge a impressão de que a existência humana é desprovida de sentido. Para que vou fazer o que quer que seja?

Por outro lado, a ideia de tentar fazer o máximo possível dentro das possibilidades é tentadora. Afinal de contas, já estou por aqui. A fantasia não para se tento imaginar onde mais eu poderia estar.

Não tenho vergonha de pensar esse tipo de coisa. Talvez eu já as tenha pensado antes. Não sei quando as pessoas costumam pensar esse tipo de coisa. Deve haver quem pense nisso já aos quinze anos. Eu não. Mas penso nisso agora. E não tenho vergonha. Estar aqui nesse apartamento serve justamente para pensar nesse tipo de coisa. Espero que as coisas melhorem quando eu terminar. Na verdade existem muitas coisas que eu aprecio.

Eu aprecio:

– Martelar

– Jogar minha bola

– Ficar sentado na privada

– Sol

– Comer

– Árvores

– Amizade

– Praias

– Garotas

– Cisnes

– Dormir e sonhar e acordar

– Que alguém passe a mão nas minhas costas (é raro)

– Música (All You Need is Love)

– Crianças (Børre)

– Água

– Dirigir

– Andar de bicicleta

Eu queria ter a impressão de que as coisas se encaixam e de que tudo vai dar certo no final. Seria muito bom.

Talvez eu passe tempo demais sozinho. Eu devia fazer mais atividades ao ar livre. Talvez falar com outras pessoas. Mas com quem vou falar?

Kim está longe demais e Kent é um mau amigo.

Sempre posso falar com os meus pais, mas não gosto de preocupá-los com os meus problemas. Prefiro quando acham que eu estou bem e passo o tempo inteiro deixando tudo ainda melhor.

Quando eu era pequeno eu e o meu pai tínhamos por hábito dar a volta em nossa casa. Ele me segurava pela mão e então a gente dava a volta em toda a casa. Por um motivo ou outro eu me lembro disso como uma coisa realmente boa e importante. A gente morava naquela casa. Era lá que a gente comia e dormia. E então a gente dava a volta.

Faço um intervalo na minha martelação e vou de bicicleta à casa dos meus pais e digo ao meu pai que eu gostaria de dar a volta na casa com ele.

Ele acaba de fazer um breve descanso depois do jantar e acha isso meio estranho. Peço que ele não faça nenhuma pergunta. Explico que eu preciso daquilo. Preciso saber como é dar a volta em casa na companhia dele. Digo que faz parte de um negócio em que estou trabalhando.

Meu pai veste a jaqueta e calça as botas de borracha e então damos uma volta ao redor da casa. Eu e o meu pai.

Damos a volta em toda a casa.

Não é exatamente como antes, mas é bom.

Eu não acreditava que dar a volta na casa com o meu pai fosse resolver tudo. Minha expectativa era moderada.

Meu pai diz que depois podemos dar mais uma volta, se eu sentir necessidade.

Eu digo que posso sentir.

Meu pai também diz que acha que eu devia sair mais. Encontrar outras pessoas. Talvez uma garota.

NAMORADAS

Por que eu não tenho namorada?

Não encontro uma boa razão.

Caras bem menos simpáticos que eu têm namoradas.

Idiotas têm namoradas.

Com certeza eu devia ter uma namorada.

Existe muita injustiça e muita idiotice no mundo.

Sem dúvida isso é parte do meu problema.

Será mesmo que idiotas estão por trás de toda a cretinice na música e de toda a estupidez em livros, revistas, filmes e comidas animadas nos comerciais de TV?

Será que pode ser tão simples?

Às vezes acho que é.

Essa é uma explicação muito natural.

E bastante atrativa.

Ou será que essas pessoas na verdade não são idiotas e desejam o melhor, embora fracassem de vez em quando?

Essa também é uma possibilidade.

Existe uma grande diferença entre ser idiota e simplesmente dar azar.

O certo é que de um jeito ou de outro esses caras têm namoradas.

Todos.

Menos eu.

O PAPA

Abro o apartamento do meu irmão e descubro que Kim mandou um fax extremamente longo. O fax deve com certeza ter uns trinta metros.

É a mesma coisa repetida umas cem vezes.

Be not afraid.

Kim mandou o fax em loop.

Ele sempre falava a respeito disso.

Por muito tempo havia sonhado em fazer isso.

A ideia é muito simples.

Basta colocar a folha no aparelho de fax como de costume e discar o número do destinatário e, enquanto a folha roda, colar as duas bordas com fita adesiva.

Assim o aparelho manda sempre a mesma mensagem até que seja parado, ou até que acabe o papel do destinatário.

Todo o meu rolo de papel foi usado.

Esse rolo caro de papel térmico.

Todo o papel está no chão. É uma visão triste.

Kim diz que encontrou a frase na contracapa de um livro escrito pelo papa dois ou três anos atrás. O antigo meteorologista da ilha deve tê-lo esquecido. Um meteorologista católico.

Be not afraid.

É uma boa frase. Nessa o papa acertou.

Mas não repetida cem vezes.

Enfio a ponta do fax de Kim no aparelho do meu irmão e começo a enviar a frase do papa de volta.

Kim vai provar do próprio veneno.

O fax leva mais de uma hora para ser enviado.

Nesse meio-tempo eu leio mais um pouco do livro de Paul.

Para falar a verdade, ele também menciona o papa.

Paul escreve que o papa demonstra entusiasmo com a teoria do Big Bang. O papa imagina ver o dedo de Deus em tudo isso. Ele acredita que a teoria é absolutamente compatível com a ideia da criação. Deus estava por trás do Big Bang. É genial. O papa deve ter ficado alegre ao sair-se com essa. Vai ser bem interessante ouvir o que ele tem a dizer quando tudo começar a se compactar outra vez. Talvez não diga nada.

Rasgo um pedaço do fax e penduro a frase acima da cama. Pode ser bom ver aquilo ao acordar pela manhã.

Independentemente de eu ser ou não católico.

Amanhã eu vou comprar um Volvo.

ELEVADOR

Estou a caminho da concessionária da Volvo com a minha bicicleta, mas pego um caminho que passa por um grande hotel com muitos andares.

Agora estou no elevador.

Ando para cima e para baixo. Acho que logo vou completar quarenta e cinco minutos aqui dentro. Toda vez que chego ao térreo eu aperto o botão do último andar, e quando chego lá em cima eu aperto o botão do térreo.

As pessoas entram e saem o tempo inteiro, mas ninguém faz comentários sobre a minha presença.

Quando éramos menores, às vezes íamos de bicicleta até uns blocos residenciais depois da escola. Nós os chamávamos simplesmente de blocos.

Todas crianças ruins moravam lá. Aquelas que tinham irmãos mais velhos do que nós que iam toda sexta-feira à Suécia comprar rojões, *snus* e cerveja. Todos os que moravam nos blocos tinham visto filmes pornô antes de entrar na escola. Corriam histórias malucas sobre certos irmãos mais velhos que projetavam filmes pornô em formato Super-8 no muro ao lado das caixas de correio. Filmes em que duas mulheres derramavam champanhe em cima de um homem, que então precisava tirar a roupa toda. Enfim, não importa.

Mas os blocos tinham elevadores legais. A gente ia até lá para andar de elevador. Era uma atividade de alto risco. Por um motivo ou outro era proibido que a gente andasse de elevador. Não tínhamos permissão. Era completamente despropositado. Ninguém devia impedir uma criança de andar de elevador.

Mas as velhas gritavam e berravam e chamavam a polícia e o zelador vinha e nos mandava embora.

Era sempre uma curtição.

Elevadores são uma coisa incrível. Vou ficar aqui mais um pouco.

O bom de andar de elevador como adulto é que ninguém me olha com cara de interrogação, querendo saber se tenho o que fazer no elevador. Ninguém suspeita que eu esteja simplesmente andando de elevador. Eu pareço ser uma pessoa como as outras.

De repente uma garota entra no elevador. Ela vai descer.

Fico olhando para ela.

Pergunto se ela tem namorado.

Ela responde em inglês que não me entende.

Pergunto em inglês. *Do you have a boyfriend?*, eu pergunto.

Yes, ela responde.

Pergunto se ele é simpático e se faz coisas boas ou se ele é antipático e faz coisas idiotas.

A garota responde que o mundo é mais complexo do que eu imagino, mas que, para ser bem sincera, ela já teve outros namorados que eram mais simpáticos e faziam menos coisas idiotas do que o namorado que tem agora.

Ela pergunta se eu tenho namorada.

Respondo *no, I don't.*

Ela faz um gesto afirmativo com a cabeça. Tenho a impressão de que ela ficou meio com pena de mim.

Quando o elevador chega ao saguão eu saio e monto na minha bicicleta.

Me afasto do hotel.

PAUL

Ainda a caminho da concessionária da Volvo, passo pela universidade.

Me sento num banco e fico olhando para os estudantes. Eles passam apressados. Meus dias agora são muito diferentes, claro.

Mas não me sinto de maneira nenhuma em condições de celebrar. Assim que eu tiver um tempo livre vou dar um pulo na secretaria e sugerir que todos os inscritos no exame de admissão recebam junto com a bibliografia um conjunto de martelar. Uma parceria entre a Brio e a universidade seria benéfica para todos os envolvidos. A Brio receberia uma publicidade valiosa, e a universidade teria uma geração inteira de estudantes com pé no chão e boa perspectiva. A longo prazo, todo o país colheria os benefícios disso.

Entro e me sento numa sala cheia de computadores à disposição dos estudantes.

Minha senha (Água) ainda funciona, e assim entro na internet.

Acho que essa é uma rede supervalorizada.

Em geral ela traz várias informações que eu estaria melhor se não tivesse. Tenho a impressão de que muitas pessoas sentem-se meio como eu. Sabem uma quantidade enorme de coisas, mas não sabem direito o que fazer com isso. E não sabem direito qual é a diferença entre o bem e o mal.

Encontrei uma quantidade assustadora de gente com informação inútil por aqui. Acho por exemplo que a minha vida era um pouco melhor antes que eu soubesse de que organizações a Noruega faz parte. Não muito melhor. Mas um pouco. O suficiente para que faça diferença.

Experimente você mesmo.

A Noruega faz parte das seguintes organizações: BAfD, BAsD, Grupo Austrália, BCI, CEMB, OMA, CE, CERN, COCOM, OSCE, BERD, CENUE, AELC, AEE, FAO, AGTC, BID, AIEA, BIRD, OACI, TPI, CISL, AID, AIE, FIDA, CFI, OIT, FMI, OMI, ISMO, INTELSAT, INTERPOL, COI, OIM, OIP, UIT, LSCV, RCTM, NACC, MNA (país convidado), OTAN, CN, AEN, BNI, NSG, OCDE, APC, ONU, UNAVEM II, CNUCED, UNESCO, ACNUR, ONUDI, FINUL, MONUIK, GOMNUIP, ONUSOM, FORPRONU, ONUVT, UPU, OMS, OMPI, OMM, CZ.

É realmente cansativo. Ninguém vai me convencer de que pode ser bom saber esse tipo de coisa, a não ser talvez no caso de um *quiz* (durante o jantar de Natal do Ministério das Relações Exteriores). Jamais em outra situação.

De certa forma ocupa meus pensamentos saber que a Noruega faz parte do Grupo Austrália. Já tenho dificuldade suficiente com informações úteis para me preocupar com as que são inúteis. Mas parece haver um monte de gente fascinada pelo fato de que essa informação não existe aqui onde a gente existe, mas em outro lugar. Um lugar que não é aqui, mas por toda parte e o tempo inteiro em outro lugar. E nenhum de nós pode estar lá. Não com o nosso corpo.

Pode ser interessante pensar nessas coisas. Eu reconheço. Mas não é fascinante, porra. E eu ficaria muito contente se as pessoas parassem de dizer que é.

Existem duas coisas boas nessa rede.

A primeira coisa boa é que você pode surpreender-se da mesma forma como pode surpreender-se com um artigo de jornal ou um produto em uma loja, e assim transformar um pouco o seu dia e sentir-se alegre.

Eu, por exemplo, fiquei alegre quando descobri o estudante de psicologia que fez a seguinte pergunta:

From a Lego modelling perspective, what is happiness? How would you describe the feelings that you experience through your involvement in Lego modelling? In your opinion, is there a difference between these "happiness" feelings and pleasure? Does your involvement in Lego modelling help you to attain long term happiness as well as short term happiness?

A segunda coisa boa é que é muito fácil entrar em contato com pessoas de todas as partes do mundo.

É por isso que vim até aqui hoje.

Quero tentar um contato com Paul.

Quero fazer perguntas.

Todos os professores universitários podem ser

contatados por correio eletrônico hoje em dia. Tenho certeza de que Paul existe em algum lugar por aí.

Faço uma busca pelo nome e o endereço de e-mail dele aparece no meu monitor. Leva poucos segundos.

Agora eu tenho o contato dele.

Escrevo o seguinte:

Prof. Paul Davies

I am a young man and I don't feel so good. I have a good friend and a bad friend, and I have a brother who is less sympathetic than me. I don't have a girlfriend.

I used to be a student, but I quit. Most days I just sit in my brother's appartment and think, and in the evenings I throw a ball against a wall and catch it when it comes back. And I have a toy that is a hammer and some plastic pegs that goes through a wooden plank, and I knock the pegs down and turn the plank around and knock them down again.

Sometimes I read in a book that you have written. It is the one about time. I dont like to think about the time that passes, and you seem to say that time doesn't exist and that makes me glad, but I do not feel certain that I understand you perfectly well. You also say that the universe will collapse one day.

You say so many frightening things.

I would love to have the feeling that everything has a meaning and that it will be o.k. in the end.

Right now I don't have this feeling at all.

I would like to ask you twelve questions, and I will be immensely grateful if you answer.

Here are the questions:

1. Does time exist?

2. Does the size of the universe scare you?

3. Do you sometimes feel that everything you do is futile because the sun will be burnt out in five billion years?

4. Do you like to throw a ball against a wall and catch it again? Do you do it often?

Would you do it more often if you had the time?

5. If Einstein was alive today, do you think he would be your friend?

6. How is it possible that the past, the present and the future all exist at the same time?

7. Do you sometimes wish you didn't know all the things you know, and were free to run on a beach, careless and ignorant of everything?

8. Do you think that the Big Bang was a coincedence?

9. I did not ask to be born. Neither did anyone else. The size and complexity of the universe makes me feel so small and free of responsibility. It makes me feel that the only meaningful thing to do is to try and have a good time. Do you understand that feeling? Do you have it yourself?

10. Do you think that the human brain is capable of thinking an infinite number of thoughts?

11. Do you disapprove of television commercials that features animated food, for instance biscuits that dance and jump into the cheese?

12. Do you sometimes start to laugh because the numbers you are dealing with are so huge?

Thank you very much.

Quando termino de escrever, clico no botão "Enviar" e o computador envia a minha mensagem direto para a Austrália.

Se eu fosse um professor acadêmico e soubesse muitas coisas a respeito do universo, eu escreveria respostas muito profundas para todo mundo que me fizesse perguntas. É o que todos os professores universitários deviam fazer.

Espero que Paul seja como eu.

Espero que me responda.

Preciso de respostas.

Antes de continuar pedalando eu faço uma coisa bastante atrevida.

Passo no Instituto de Meteorologia e digo para a secretária que fui lá pegar um rolo de papel de fax para Kim.

Ela sabe muito bem quem é Kim e não me faz nenhuma pergunta constrangedora. Pergunta simplesmente se Kim está bem.

Eu digo que ele está superbem.
E então ela me entrega o rolo.
Simples.

A CHUVA

Agora estou na concessionária da Volvo.

Passei no banco e tenho quase duzentas mil coroas no bolso.

Eu nunca tive esse dinheiro antes.

O vendedor me reconhece.

Digo que estou razoavelmente decidido a comprar o Volvo verde, mas que gostaria de fazer mais um test-drive.

O vendedor diz que eu posso fazer quantos test-drives eu quiser.

Tenho uma ideia.

Vou dirigir até o mercado onde eu e Børre tomamos sorvete.

O anúncio de Jessica vai estar lá, e assim posso anotar o número de telefone.

Depois volto à concessionária da Volvo, digo que o carro corresponde a todas as minhas expectativas e que eu quero comprá-lo.

O vendedor começa a mexer em formulários e pergunta se já tenho o financiamento em ordem. Quer ver as garantias do banco etc.

Eu digo que minha ideia é pagar em dinheiro e começo a tirar notas de mil do bolso.

O vendedor diz que está tudo em ordem. Ele me leva até uma salinha nos fundos onde a gente preenche uns formulários. Pergunto como funciona o registro e explico que o meu irmão gostaria que tudo estivesse pronto antes de voltar para casa, e o vendedor liga para um conhecido no departamento de trânsito. Os dois conversam um pouco e logo fica claro que o carro poderia ser registrado no mesmo dia. Camaradagem.

Percebo que o vendedor parece contente e pergunto se é porque vou pagar em dinheiro, e ele responde que sim. Na opinião dele, só quando se paga em dinheiro é que se pode falar em compra de verdade. Ele acha que os cartões e outros sistemas de pagamento nos afastaram da experiência de compra original. Dinheiro na mão, isso sim é uma compra.

Não concordo com essa percepção, mas acho bom ver que ele está contente.

Ele diz que eu posso dirigir até o departamento de trânsito com placas provisórias. Lá o conhecido dele vai estar à minha espera e tudo vai ficar em ordem. Antes de nos separarmos, pergunto se ele sabe em que deserto foi filmado o último comercial da Volvo.

Ele não sabe.

Talvez no Saara.

Agora o Volvo está parado na rua em frente ao apartamento.

Mandei por fax para o meu irmão um prospecto sobre o carro, junto com a nota fiscal.

Meu irmão agora é o proprietário de um carro.

Quanto a mim, estou olhando para o número do telefone de Jessica.

22 47 45 64.

Esse também é o número do telefone de Lise.

Tenho vontade de ligar para Lise e perguntar se ela não gostaria de me ver.

Estou suando.

Mas sinto que devo ligar. Preciso fazer uma coisa ou outra. Já está na hora de fazer alguma coisa.

Existe um limite para o tempo que posso ficar em casa martelando.

Esse negócio de garotas é estranho.

Não tem como escapar delas.

São muito bonitas.

E além disso estão por toda parte.

Sempre agem como se nada estivesse acontecendo.

Eu gosto das vozes das garotas. E também gosto quando dão sorrisos e risadas. E quando caminham.

As garotas também são um pouco assustadoras.

Às vezes acho que sabem de coisas que eu não sei.

Mas elas são bonitas.

E difíceis de conquistar.

Não canso de me surpreender com o fato de que mesmo as garotas mais legais sentem-se atraídas pelos rapazes mais escrotos.

Minha única chance é não fingir.

Quando eu era mais novo, todos os programas infantis na TV e no rádio falavam sobre a importância de ser você mesmo. De ter a coragem de ser você mesmo. Alguns desses programas eram sobre ter um lugar onde ficar. Mas os outros todos eram sobre ser você mesmo.

Só agora começo a entender o que isso quer dizer.

Se Lise sabe disso, não tenho a menor ideia.

Mas vale a tentativa.

A probabilidade de Lise ter um namorado é naturalmente alta. Por que não teria um namorado?

Ela é bonita, simpática e está a caminho de virar fotógrafa. É certo que tem um namorado. Apesar de tudo estou ligando agora.

Quem atende o telefone é o pai. Me apresento e agradeço pela recepção no outro dia. Ele pergunta como está o Volvo.

Peço para falar com Lise.

Ele diz que Lise não mora lá. Ela estava fazendo uma visita no dia em que eu e Børre passamos lá. Lise mora na cidade. E tem o telefone dela.

Anoto o número.

22 60 57... e o pai tem que repetir os dois últimos números; 31.

Passo um tempo andando de um lado para o outro no apartamento. Respirando fundo.

É uma versão diminuta do inferno.

Martelo um pouco antes de discar o número.
O telefone toca umas vezes. E então ela atende.

Agora estou falando com Lise.

Quando terminamos de conversar, estou deitado no sofá com um sorriso no rosto. É a mesma sensação de quando para de chover. Como se tivesse chovido por dias e dias, e de repente o tempo abrisse. E tudo tem um cheiro forte e as cores das árvores são todos os tons de verde.

Esse negócio de garotas é muito estranho.

Primeiro elas não estão e tudo é meio complicado. Mas de repente estão, e tudo fica mais bonito. Acontece muito rápido. Leva apenas uns poucos segundos para que tudo fique mais bonito.

Vou me encontrar com Lise daqui a uma hora.

Estou bem nervoso.

Agora vou tomar um banho.

BEIJO

Um novo dia.

Estou acordando.

Dormi até tarde.

Lise não tem namorado.

Bebo um copo d'água enquanto penso nisso.

Ela ficou contente de saber que eu liguei.

Fomos a um café.

Primeiro bebemos Coca-Cola, mas depois começamos a beber cerveja.

E falamos sobre muitas coisas.

Eu disse que Lise se parecia um pouco com a Alanis que ia sentada no banco do passageiro com um blusão vermelho. Mas disse que Lise era ainda mais bonita. Ela gostou do que ouviu. Queria se parecer com aquela Alanis, mas também queria ser ainda mais bonita.

Meu elogio acertou em cheio.

Lise tem uma voz boa. Tenho vontade de ouvi-la falar sem parar. E além disso ela tem uma frestinha bonita entre os dentes da frente e um cabelo que não é curto nem comprido.

Ela me contou o que gosta de fazer.

Gosta de tomar banho de mar e dar passeios pela floresta. Gosta de frutas, e além disso gosta de fotografar pessoas que não sabem que estão sendo fotografadas.

Ela achou que Børre era meu filho. Claro que

achou. Eu expliquei que não tenho filho. Nem filha. Nem ao menos namorada.

Eu disse que estou cansado de fingir que as coisas são diferentes daquilo que são na verdade. Disse que eu não achava que devêssemos ficar sentados acenando a cabeça um para o outro e dizendo que a literatura assim e assada é interessante, ou que esse ou aquele filme é importante.

Podemos falar sobre essas coisas mais tarde, eu disse.

Falei tudo exatamente como é.

Pensei que, se ela vai achar que sou um idiota, é melhor que faça isso agora, o quanto antes.

Lise não achou que eu era um idiota. Tenho certeza. Ela perguntou se eu era sempre assim direto, e eu respondi que tinha sido a primeira vez.

Também perguntou se eu estava desesperado.

Eu disse que não. Disse que de uma vez por todas queria organizar as premissas.

E então falei sobre a bola, o conjunto de martelar e Paul.

A essa altura ela começou a entender o que eu queria dizer.

Ela também tinha um conjunto de martelar quando era pequena, mas não conseguia se lembrar se era um conjunto da Brio.

Eu a convenci a escrever uma lista. Num guardanapo.

Essas eram as coisas que deixavam Lise empolgada quando era pequena.

– Criar pequenos mundos na caixa embaixo da minha cama

– O personagem Karlsson no telhado (a casa dele, que eu construía debaixo da mesa)

– Brincar de cabana

– Brincar de sobreviver a catástrofes

– Escritórios, organizar papéis

– Supermercado

– Pregar peças

– Correr de bicicleta

– Colecionar tampinhas de garrafa

– Mirtilos

– Me fantasiar (de princesa)

– Sapatos dourados

– Diamantes de plástico

– Miniaturas de coisas

– Borrachas perfumadas

– Maquiagens da minha mãe

– Montar cidades de Lego e de areia

Quando o café fechou demos uma volta pelo jardim do palácio. Depois a acompanhei até em casa e tomamos uma caneca de chá. Eu pude ver a câmera dela. E umas fotografias. Grandes fotografias a cores. Quando fui embora ela me deu um abraço que agora imagino que possa ter ficado no limite de virar um beijo.

Provavelmente foi um abraço.
Mas pode ter sido um beijo.

MEDO

Hoje recebi três faxes.

Os dois primeiros não me causaram nenhum problema, mas o terceiro me deixou com medo. Se eu não me cuidar, corro o risco de perder o pouco controle que tenho.

O primeiro fax era de Kim.

Ele viu um texugo. E queria que eu também tivesse visto. Mas ele fez um desenho, e disse que é uma mistura de gato grande com cachorro pequeno. A orientadora dele fez uma visita à ilha. Os dois ficaram sentados na rua até tarde bebendo vinho, e foi ela, a orientadora, que viu o texugo primeiro. Mas Kim também o viu. E parece orgulhoso de ter visto um bicho novo. Estou feliz por conta dele.

O segundo fax também é de Kim.

Ele escreveu uma lista de coisas que o deixam feliz. Não lembro se mandei a minha lista para ele. Talvez ele tenha feito essa por conta própria. Nada é melhor do que isso.

Essas são as coisas que deixam Kim feliz:

– Água

– Arranha-céus

– Conhecer as garotas pelas quais me apaixono aleatoriamente na rua quando elas não têm nada de especial para fazer durante o dia e nem eu

– Nadar

– Andar de bicicleta

– Free jazz

– Primavera

– Quando as garotas pelas quais estou apaixonado me ligam

– Manhãs

– Certos livros

– Chocolate

– Chocolate amargo, talvez com nozes, amêndoas

– Conhaque

– Documentários filmados nos anos 50 e 60 com câmeras portáteis em filme preto e branco granulado

– Andar de avião/viajar

– Quando as coisas são exatamente como eu tinha imaginado, caso eu tenha imaginado coisas boas

– Quando acontecem coisas boas que eu não poderia ter imaginado nem nos meus sonhos mais loucos

– Ver um texugo

– Receber um fax

– Receber vários faxes

– Amigos

– Trabalho

– Nuvens (às vezes)

– Gatos

– Conseguir coisas que eu desejei por muito tempo

– Tomar banho

– Pular

– Correr
– Cantar
– Comer
– Dormir

É uma lista bem longa e interessante. Estou com uma certa inveja.

Kim entende a vida melhor do que eu.

Mas ainda chego lá. Um dia eu ainda chego lá.

O terceiro fax é muito preocupante.

É do meu irmão.

Ele me agradece pela compra do Volvo. E quer me fazer um favor em troca. Uma coisa pela outra. Meu irmão é legal. Mas essa ideia me deixa preocupado.

Ele se dispôs a me pagar uma viagem para Nova York. Por uma semana. Ele já está lá, e disse que a gente pode ficar na casa de uns amigos dele. Em Manhattan.

Esse é um fax em relação ao qual eu gostaria de evitar qualquer tipo de tomada de posição.

Pego a minha bola e desço aos fundos do prédio.

Agora estou jogando a bola.

PERSPECTIVA

Eu tinha imaginado usar essas últimas semanas antes da volta do meu irmão para ter um pouco de tranquilidade. Martelar um pouco e refletir sobre a minha situação. Para fazer vingar essa pequena semente de confiança que apesar de tudo eu consegui plantar.

Mas esse fax chegou e arruinou tudo.

Eu estava quase tranquilo. Já tinha conseguido uma certa tranquilidade.

Mas agora esse é um sonho distante.

Nova York.

Parece assustador.

Exagerado.

Tenho medo de sofrer com o exagero agora mesmo.

Essa cidade parece ser grande demais.

Existem vários motivos para que eu não queira ir.

Lise é um deles.

Vou me encontrar com ela hoje mais tarde. E talvez outros dias. Não sei como Nova York é, mas tenho dificuldade em imaginar que possa ser melhor do que Lise.

E além disso sinto que estou começando a entender as coisas. Se eu viajar, essas coisas todas podem ser postas em jogo.

Seria desnecessário buscar mais confusão do que já tenho agora. E além do mais ainda estou à espera das respostas de Paul. Com certeza ele deve responder em breve. E aí eu vou querer saber um monte de coisas.

Prefiro saber essas coisas do que viajar para Nova York.

Daqui a poucos minutos meu irmão vai me ligar.

Estou meio incomodado com esse telefonema.

Preciso dizer que não.

Agora o meu irmão está ligando.

Ele insiste em dizer que eu devo ir para Nova York. Fico surpreso com essa insistência. Nunca ouvi o meu irmão insistir antes.

Vai ser divertido, ele diz. E ele acha que vou me sentir bem se eu der uma bela mexida nas coisas.

Sair para o mundo.

Eu digo que é uma péssima hora. Digo que não, mas o meu irmão acha que um não é uma resposta inaceitável.

Pelo menos uma vez na vida eu devia não pensar em nada, ele diz. Simplesmente comprar um bilhete e embarcar no voo.

Ele diz que também vai me dar dinheiro para gastar. Além da viagem. Na verdade é um proposta bem generosa.

Mas toda aquela gente, o barulho... Estou nervoso.

Pergunto se ele não pode me dar outra coisa. Talvez um relógio. Um Rolex. Afinal de contas, eu quero um relógio.

Nem pensar, diz o meu irmão.

Ele diz que um Rolex custa cinquenta mil, e que não teria aceitado a minha sugestão nem que custasse só mil.

A questão é que ele quer me dar a oportunidade de ver o mundo.

Coisas acontecem quando você viaja, ele diz.

O quê, por exemplo?, eu pergunto.

Perspectiva, diz o meu irmão.

E ele disse que eu não preciso ter medo. Afinal, ele está lá. O meu irmão. Ele vai cuidar de mim.

Perspectiva?, eu pergunto.

O BRAÇO

Lise está usando um blusão vermelho.

Estamos sentados na grama bebendo água mineral e comendo baguetes com salpicão de frango. O dia está quase ensolarado.

Eu digo que é estranho conhecer outra pessoa. Que é um novo planeta.

Digo que leva muito pouco tempo para eu começar a imaginar um relacionamento. Simplesmente acontece. E de repente eu penso tudo até o fim. Imagino a garota em todas as situações possíveis, imagino a casa onde podemos morar e os lugares que podemos visitar durante as férias. E tudo isso acontece sem que eu nem ao menos fale com ela. Às vezes acontece quando estou andando pela rua e encontro o olhar de uma garota que passa.

Lise pergunta se eu pensei essas coisas todas em relação a nós.

Primeiro eu hesito e digo que não, mas logo fica claro que não é verdade, então digo que pensei.

Lise sorri e diz que não achava que eu tivesse planos desse tipo.

Eu digo que existe uma diferença entre plano e sonho.

Quando eu pergunto se ela acha que faz diferença, Lise balança a cabeça e me dá um abraço tímido.

Digo que o meu irmão me convidou para ir a Nova York.

Lise fica entusiasmada. Ela acha que eu devia ir.

Eu digo que já pensei em passar menos tempo em casa, sair para ver gente, mas que essa história toda veio muito de repente.

Estou com medo do exagero.

Lise me tranquiliza. Ela tem uma teoria sobre Nova York.

Diz que duas coisas podem acontecer por lá, e que cabe a mim decidir qual.

Uma das possibilidades é abrir mão de todas as minhas reservas e simplesmente aceitar tudo que eu vir e encontrar. Como uma criança. A outra possibilidade é me manter afastado e observar as pequenas coisas, tentando encontrar traços reconhecíveis. Examinar e comparar.

A primeira pode levar ao exagero. A segunda pode na pior hipótese levar a observações interessantes, contemplação e diversão.

Essa é a opinião de Lise.

Além disso, a opinião dela é que o exagero pode ter um lado bom.

Pergunto o que ela quer dizer com isso.

Ela acha que a longo prazo isso pode ampliar a perspectiva.

Perspectiva?, eu pergunto.

Nessa hora Lise põe a mão no meu braço e diz mais uma vez que acha que eu devia viajar. Eu gosto quando ela põe a mão no meu braço.

Quase chego a pensar em viajar simplesmente para que ela saiba que eu aprecio muito ser tocado daquele jeito.

Ela diz que nada me impede de continuar jogando a minha bola e martelando quando eu voltar. Eu devia me dar essa chance de me afastar um pouco. Talvez eu veja as coisas de um jeito diferente. Tudo parece muito certo quando ela fala.

FORMA

Agora o meu irmão liga outra vez e insiste.

Ele diz sol, diz Central Park, diz coisas boas para comer e beber, diz Empire State Building.

Atrações turísticas, eu digo com desprezo. O que eu quero com atrações turísticas?

Meu irmão diz que o mais importante não é a cidade em si, mas o fato de estarmos os dois juntos. Os irmãos devem passar um tempo juntos de vez em quando fazendo coisas boas, ele diz.

Eu penso que essa é uma opinião bonita.

Mas sem dúvida Nova York é grande demais.

Por acaso Nova York não é grande demais?

Meu irmão acha que a cidade é relativamente grande.

Pergunto se ele não acha tudo um exagero.

Ele diz que não.

Pergunto se ele nunca sofreu com o exagero ou se não tem medo de sofrer com isso.

Ele diz outra vez que não.

Pergunto se em vez disso não podemos atravessar os Estados Unidos de carro.

Não.

Pergunto se posso levar Lise comigo.

Ele pergunta quem é Lise e eu respondo.

Ele diz que não.

Pergunto se posso ganhar um Rolex.

Não.

E então eu pergunto ao meu irmão no que ele acredita.

Vamos lá!, ele diz.

No que você acredita?, eu pergunto.

O que você quer saber?, ele diz.

O que eu quero saber? Eu perguntei no que você acredita, digo.

Na vida como um todo?, meu irmão pergunta.

No que mais?, eu digo.

Você não está brincando?, ele pergunta.

Não, eu digo.

Ele pensa um pouco.

Acredito nas forças do mercado, ele diz.

Do livre mercado?, eu pergunto.

É.

Por acaso esse é o tipo de coisa em que se acredite?, eu pergunto. Isso é um lixo! Quem é que precisa das forças do mercado?

Meu irmão diz que não é lixo nenhum.

Nada disso.

No que mais ele acredita?

Ele acredita na amizade.

Muito bem.

Ele acredita no amor.

É verdade?, eu pergunto

O quê?, ele pergunta.

Que você acredita no amor, eu digo.

Claro que é verdade.

Eu digo que não imaginava.

Ele me pergunta se isso faz diferença.

Eu digo que faz.

Pergunto se Nova York é mais forma ou mais conteúdo.

Meu irmão diz que é mais forma, e que o conteúdo eu preciso criar por conta própria.

Pergunto por que ele acha que me faria bem viajar.

Ele fala em novos lugares, novas ideias, perspectiva.

Você tem certeza quanto à perspectiva?, eu pergunto.

Certeza absoluta.

Passamos um tempo em silêncio.

E então meu irmão me pergunta se eu me rendo.

Me rendo, eu digo. Estou me rendendo agora mesmo.

Faça um bom voo, ele diz.

Obrigado, eu digo.

O RAIO X

Eu vou viajar para os Estados Unidos. Simplesmente deixo que as coisas aconteçam.

Passo um bom tempo olhando para o conjunto de martelar.

Talvez seja covarde da minha parte levá-lo comigo.

Nova York dificilmente seria o lugar do mundo onde mais se martela. As pessoas que moram lá com certeza têm outras formas de reagir às coisas. Por que eu haveria de martelar e me passar por um tonto em Nova York?

Por outro lado, não sinto vontade de tentar parecer mais durão do que sou. Esse tipo de coisa logo cobra um preço.

Sinto o peso do conjunto de martelar na minha mão.

Não pesa quase nada.

Não preciso usar o conjunto. Seria apenas tranquilizador tê-lo na minha mochila. Saber que está lá. E, se eu sentisse a necessidade de martelar, lá estaria ele.

Também posso viajar sem o conjunto de martelar, e então comprar outro caso a situação se complicasse. Mas é meio arriscado.

Não sei qual é a disponibilidade dos produtos Brio nos Estados Unidos. Pode ser que lá não existam conjuntos de martelar. Nesse caso eu corro o risco de queimar por dentro em função dos meus sentimentos contraditórios.

Não engano a ninguém senão a mim mesmo deixando o conjunto de martelar em casa. Preciso levá-lo junto.

Se a cidade for tão grande como imagino, é muito provável que eu precise de uma válvula de escape.

Além do mais, seria bom ver o conjunto na máquina de raios X do aeroporto. Invejo essa visão dos agentes de segurança.

Agora estou fazendo as malas.

Cuecas. Meias. Camisetas. Escova de dente. Bermudas. Câmera fotográfica.

Conjunto de martelar.

SENTIDO

O ônibus que vai até o aeroporto sai daqui a pouco.

Eu e Lise estamos deitados no gramado do palácio.

Estamos comendo as panquecas que Lise preparou.

Pergunto a Lise se ela acredita que tudo vai dar certo no final.

Depende do que eu quero dizer com "no final", ela diz.

Se eu quiser dizer no final de tudo, não parece muito provável que tudo vá dar certo. Mas claro que é uma questão de fé, diz Lise.

Há quem acredite em viver diversas vidas ou em ir para lugares bonitos depois da morte.

Já se eu estiver me referindo a mais tarde, mais além, quando as coisas devem se ajeitar com o tempo, a chance parece maior.

E naturalmente também depende do que eu quero dizer com "certo".

Ela pergunta o que eu quero.

Eu digo que não sei.

Digo que o que eu quero saber é provavelmente se as coisas vão se ajeitar. Não são muitas as coisas que eu quero para mim. Mas quero estar bem. Tenho vontade de viver uma vida simples e agradável com muita alegria e muitos bons momentos.

Lise acha que isso com certeza está ao meu alcance.

Eu digo que não é nada fácil viver com alegria

quando não sinto que a existência tem sentido.

Você não pode simplesmente deixar o sentido de lado?, Lise me pergunta.

Não, eu digo. Não posso.

E quanto à amizade?, Lise pergunta. Nós dois, por exemplo, isso não tem sentido?

Claro que tem, eu digo.

Então aí está, ela diz.

Assim que o ônibus chega eu tiro uma fotografia de Lise com a Polaroid dela.

Pergunto se ela vai estar à minha espera na volta.

Ela dá uma risada e me beija, e pede que eu mande uns cartões-postais.

Pergunto se ela acha que um postal por dia é exagero, mas ela acha que não. Mas gostaria que eu os escrevesse em lugares bonitos. De preferência no topo de prédios bem altos.

Aceno para Lise do último assento do ônibus.

No exato instante em que a perco de vista, o rosto dela começa a surgir na Polaroid.

Posso vê-la, afinal de contas.

MANIFESTO

Do aeroporto eu ligo para os meus pais e digo que vou viajar. Quando ouve que vou para os Estados Unidos minha mãe se contenta em dizer que parece divertido. Faça uma boa viagem, ela diz.

Meu pai vai um pouco além. Diz que se eu der um tempinho a ele, ele pode escrever um manifesto para eu distribuir às pessoas nas ruas de Nova York.

É um manifesto no qual ele se distancia de tudo que os Estados Unidos representam, da imbecilidade, dos sonhos doentios, da política externa e do imperialismo cultural. Só uma página A4. Meu pai suspeita que a maioria dos americanos não tem a menor ideia sobre o que ele e vários outros intelectuais europeus pensam a respeito dos Estados Unidos.

Meu pai quer dar-lhes o que pensar. Uma lição.

Digo que o meu voo sai daqui a quinze minutos.

Melhor deixar o manifesto para a próxima vez.

N

Agora estou sentado no avião.

A caminho do mundo.

Assisto a um filme tão ruim que me sinto mal por conta de todas as pessoas envolvidas, e penso no empregado da companhia aérea que escolhe os filmes disponíveis nos voos.

Me pergunto se ele simplesmente deu azar ou se é burro, e também se ele tem uma namorada.

À minha esquerda, no assento da janela, está uma senhora alemã que passa o tempo inteiro me oferecendo caixinhas de suco que ela não quer. Já bebi várias caixinhas de suco. Da próxima vez que ela me oferecer uma eu vou recusar.

Mais uma vez estou lendo o livro de Paul.

Estou gostando mais do livro agora, depois que escrevi para ele. Sinto que estabelecemos uma relação muito próxima. Que somos confidentes.

Eu e Paul.

Talvez ele esteja escrevendo uma resposta para mim agora mesmo. Talvez esteja dizendo que não devo me preocupar e que tudo vai ficar bem. Ele escreve que a terra flutua no espaço.

A terra descreve os movimentos de rotação e translação. Muito depressa. Usamos o sol para medir quanto a terra se movimentou. Alguém decidiu que o relógio devia marcar doze horas no meio do dia, em todos os lugares da terra. É por isso que os relógios marcam horas diferentes em muitos outros lugares quando é meio-dia na Noruega.

A terra é dividida em 24 fusos horários. E a gente faz de conta que o tempo é o mesmo dentro de cada uma dessas zonas. Se não fosse assim, a gente teria que adiantar o relógio cinco minutos caso andasse cem quilômetros para o oeste.

Isso significa que o relógio na cabana dos meus avós sempre marcaria cinco minutos a mais do que o relógio que eu tenho em casa.

Enquanto leio, me ocorre que a hora em Nova York não é a mesma que na Noruega.

Lá são seis horas a menos.

De certa forma eu ganho seis horas ao viajar para Nova York. É um pensamento tranquilizador. Eu gostaria de usar essas horas de maneira agradável. Por outro lado, perco 3 bilhão avos de segundo para cada hora que passo a uma altura de dez mil metros. A viagem leva oito horas. Assim eu perco 24 bilhão avos de segundo. É bem pouco. Me dou ao luxo de ignorar esse detalhe.

Em seguida a senhora alemã pergunta se eu gostaria de mais uma caixinha de suco.

Digo não obrigado e levo a mão à barriga para mostrar a ela que não estou com fome nem com sede.

Ela larga a caixinha de suco no chão e põe uma máscara sobre os olhos para que tudo fique escuro. Vai tentar dormir um pouco.

Me levanto para ir ao banheiro. À minha frente na fila tem um italiano. Eu já tinha reparado nele antes. Está viajando com dois amigos. Os três estão vestidos com ternos e passam o tempo inteiro andando de um lado para o outro.

Sinto que devem estar tramando qualquer coisa. Que não têm boas intenções.

Não tenho medo de voar. Pelo menos não por razões técnicas. Mas tenho medo das pessoas. As pessoas inventam muita coisa esquisita.

E esses italianos parecem suspeitos. Receio que estejam planejando um sequestro. A maneira como sorriem uns para os outros é assustadora. É meio como se compartilhassem um segredo terrível. E eu sei que existem substâncias explosivas que não fazem disparar os detectores de metal. Até onde sei, todos eles podem estar com os bolsos cheios de explosivos. E com certeza devem ter exigências completamente absurdas.

Estou convencido de que, se forem machucar um passageiro para mostrar que não estão de brincadeira, eles vão me escolher.

Seria bem típico.

Talvez me joguem no Atlântico.

Tenho vontade de pedir à aeromoça que cante

uma canção para mim, mas não tenho coragem. Me limito a pedir um gim-tônica.

Agora Paul escreve que a terra é um lugar atípico no universo. A maioria dos outros lugares está no vácuo absoluto ou rodeada por nuvens de gases. E as temperaturas com frequência são absurdas. Não existem muitos outros lugares onde poderíamos viver.

E segundo ele escreve, talvez não pudéssemos ter vivido em muitas outras épocas. É um raciocínio muito difícil de seguir. Eu tento compreender.

Mais ou menos dez por cento de todas as pessoas que já viveram na terra estão vivas hoje. Sabemos disso.

Se partirmos do pressuposto de que as pessoas vão continuar a existir daqui a milhares ou milhões de anos, isso significa que nós que vivemos hoje somos especiais, porque vivemos em uma época ainda primitiva, e as pessoas que vierem depois de nós vão ser mais típicas, porque vai ser relativamente mais comum viver no futuro do que é viver hoje.

Mas não temos nenhum motivo para achar que nós que vivemos hoje somos especiais. E se somos típicos, isso significa que são poucas as pessoas que devem viver depois de nós, e assim a humanidade estaria caminhando rumo ao fim da existência.

Paul apresenta um experimento mental muito instigante, que me faz suar. Ele pede que eu imagine duas urnas com nomes escritos em papelotes. Na primeira urna estão dez nomes e na outra estão mil. E o meu nome está em uma, e em apenas uma dessas urnas. Onde eu acho que é mais provável que o meu nome esteja? Obviamente é impossível saber. Podemos apenas dar um palpite, mas do ponto de vista da probabilidade existe uma chance cinquenta vezes maior de que o meu nome esteja na urna com mil papelotes, segundo Paul.

Então os papelotes começam a ser retirados da urna e no terceiro papelote da urna com dez nomes está o meu nome.

Ter o meu nome retirado tão cedo é muito mais provável em uma urna com dez papelotes do que em uma urna com mil. Se imaginarmos que isso vale para todas as pessoas que um dia ainda vão ter vivido, Paul estima que há uma chance de 2/3 de que o número total de pessoas seja limitado e que estejamos a caminho do fim.

Paul admite que são apenas especulações, mas assim mesmo sinto uma forte vontade de martelar.

Meu conjunto de martelar está no compartimento de bagagem acima da minha cabeça. Está bem próximo, mas todos os outros passageiros parecem estar dormindo. Eu não tenho coragem. Os italianos também estão dormindo. Ou fingindo.

De repente tudo fica pior. Paul começa a apresentar argumentos biológicos. São quase insuportáveis.

Ele diz que a humanidade existe porque ao longo da história ocorreu uma quantidade desconhecida de coincidências improváveis. Quanto maior a quantidade de coincidências improváveis, mais próximos estamos do fim. Se o número for apenas um ou dois, o tempo de existência total da humanidade deve coincidir de maneira quase exata com o tempo de existência do sol. Mas se o número for maior, e essa é a opinião da maioria dos biólogos, nosso tempo de existência na terra torna-se bem mais curto.

Podemos elaborar uma fórmula, baseada em cálculos probabilísticos simples, para calcular qual é a nossa expectativa de sobrevivência na terra.

Se houve um número N de etapas improváveis no desenvolvimento do *Homo sapiens* atual, e se o tempo de existência total do sol é de oito bilhões de anos, a fórmula N + 1 deve ser dividida por oito bilhões. Se N for um milhão, podemos esperar nossa extinção, de uma forma ou de outra, daqui a oito mil anos.

Espero que o meu irmão me encontre no aeroporto quando o avião aterrissar.

Não estou a fim de ficar sozinho.

A CIDADE

Acho que tudo é o Empire State Building.
Passei o dia inteiro achando isso.
Mas o meu irmão disse que ainda não o vimos.
Agora mesmo estou achando isso.

Essa é Nova York.

Me deixo tomar pelo exagero.

É estranho estar aqui. Ouço falar dessa cidade e também a vejo em filmes desde sempre. Hoje pela primeira vez eu tenho certeza de que ela existe. Todo mundo vem pra cá. Os noruegueses vêm pra cá. Os pobres. Cheios de sonhos. As pessoas podem fazer sucesso por aqui. Qualquer um pode fazer sucesso por aqui. Ainda. Eu talvez possa fazer sucesso por aqui também. Ganhar dinheiro.

Os americanos parecem viver de acordo com a teoria de que dois é melhor que um, três é melhor que dois e assim por diante. Eles acham por exemplo que duzentos dólares são melhores que cem.

É uma teoria bonitinha.

Agora eu acho mais uma vez que estou vendo o Empire State Building.

Meu irmão balança a cabeça.

Recebo uma quantidade enorme de impressões durante nossa caminhada pela rua. Quantas impressões eu posso aguentar em um único dia?

Os impulsos sensoriais fazem fila. Uns naturalmente me passam em branco. Meu cérebro não tem como acompanhar os meus olhos. Ou os meus ouvidos. Ou o meu nariz. Mas certas impressões me parecem claramente mais valiosas do que outras. Não tenho a menor ideia de como funciona esse processo seletivo. Mas ele funciona.

Estou decidido a notar as coisas essenciais. Aquilo que resta depois da seleção. Aquilo que eu recordo quando a noite chega e estou prestes a dormir.

Acho que me interesso mais por coisas que são muito grandes e coisas que são muito pequenas do que pelas coisas intermediárias.

Essa tendência fica muito clara depois de algumas horas em Nova York.

Quase tudo é muito grande por aqui.

Os prédios por exemplo. Os arranha-céus. Estão por toda parte.

E são grandes. Suspeito que tenha a ver com prestígio. Primeiro um homem construiu uma casa razoavelmente alta, depois o amigo dele construiu outra um pouco mais alta. E assim todo mundo pensou caramba agora eu vou construir casas ainda maiores. Não importa o que esteja dentro, mas as casas vão ser mais altas. Vamos construir casas altas pra caramba.

Existem motivos de sobra para supor que a mesma teoria que diz que dois é melhor que um também diga que grande é melhor que pequeno e que alto é melhor que baixo. É um pensamento bastante atraente.

Quase nenhum dos prédios diz o que quer que seja sobre o que está lá dentro. Poderia ser qualquer coisa. Isso também é certo. Muitas vezes ao longo do dia eu tenho a impressão de que os prédios não são usados para nada. De que simplesmente estão lá.

Meu irmão lê no guia de viagem que existe um milhão de escritórios naquele bairro da cidade. Diz que existem escritórios em todos os prédios que me dão a impressão de não serem usados para nada.

Eu digo que ele não tem como ter certeza.

Os carros são grandes.

Os caminhões são enormes. Parecem construídos para matar.

Muitas das pessoas também são grandes. Gordas. Os tênis de corrida delas são completamente tortos e desgastados por conta do excesso de peso. Essas são as coisas que até agora me parecem grandes, compridas e altas.

– As casas

– Os carros

– Os caminhões

– As pessoas gordas

– As pizzas

– As ruas

– Os peixes expostos do lado de fora das peixarias

– Os abacates
– Os painéis publicitários
– O parque
– Alguns dos cachorros
– Os copos de onde o meu irmão toma café nos cafés
– Algumas das lojas
– As caixas de correio

Essas são as coisas que me parecem pequenas.
– Os estacionamentos
– Alguns dos cachorros
– Algumas das bananas
– Os chocolates
– A colher que veio junto quando eu comprei um sorvete no copinho

Estou cansado, mas sem vontade de dormir.

Uso as minhas seis horas para andar pelas ruas da cidade com o meu irmão. É muito impactante. Me sinto exausto, mas noto que assim mesmo acontecem coisas o tempo inteiro. É meio como ter febre.

Os sons chegam distorcidos.

Eu e o meu irmão tivemos uma discussão que foi uma provação.

A princípio tudo estava bem. Ele me encontrou no aeroporto e nos cumprimentamos com um abraço.

Levamos minha bagagem até o apartamento e conversamos um pouco.

Meu irmão me perguntou como eu estava.

Contei a ele sobre os meus pensamentos e preocupações e sobre as minhas pequenas atividades.

Ele só gostou de me ouvir quando falei sobre Lise.

As outras coisas não passavam de bobagens na opinião dele. E ele disse que não quer nem ouvir falar a respeito de fusos horários ou intervalos de tempo de menos de um segundo ou mais de um ano-luz.

Nem a respeito do espaço.

Eu posso pensar o que eu quiser, mas preciso guardar essas coisas para mim mesmo.

Acho meu irmão incrivelmente duro.

Ele diz que já suspeitava que eu andasse por aí, pensando nessas coisas. A ideia de me trazer a Nova York era justamente dar um novo rumo aos meus pensamentos.

A gente vai se divertir, ele diz.

Não duvido que o meu irmão tenha boas intenções, mas acho que ele foi longe demais.

Ele não quer nem ouvir falar a respeito do conjunto de martelar, por exemplo.

Nem uma palavra.

Disse que vai quebrar o conjunto se me flagrar martelando.

Sou obrigado a martelar às escondidas. É humilhante. Afinal de contas, eu sou um adulto. Os adultos não deviam martelar às escondidas. Tento encarar os meus problemas de uma forma madura, porém o meu irmão me impede.

Acho que ele também tem problemas com o tempo mas ainda não os reconheceu. Um dia é ele quem vai se ver num beco sem saída. Mas eu vou deixar que martele o quanto quiser. Assim ele vai sentir a consciência pesada por ter me impedido.

Agora acho mais uma vez que estou vendo o Empire State Building.

O CACHORRO

Estamos morando em um prédio com porteiro e ascensorista.

E o apartamento é legal.

Mas tem um cachorro por lá.

Tem um cachorro no apartamento.

Um cara chamado David vai aparecer para buscar o cachorro. Ele devia ter vindo ontem.

Eu não sei nada sobre cachorros. E o meu irmão tem medo deles. Nos incomoda ter esse cachorro no apartamento.

É um cachorro preto.

Já dei água e comida para ele, mas não sei com que frequência ele come. E logo alguém vai ter que levá-lo a passear. Ele não sai para a rua desde ontem, e o dono do apartamento foi para Nova Orleans ouvir jazz ou coisa parecida.

Está bem claro que o cachorro quer passear. Ele não sai de perto da porta.

Meu irmão diz que eu tenho que levá-lo a passear. Ele não consegue.

Não sei nem ao menos qual é o nome do cachorro.

Eu ponho uma coleira no cachorro preto e saio com ele para a rua. Enquanto desço eu pergunto ao ascensorista se ele sabe alguma coisa a respeito de cachorros, mas ele balança a cabeça e diz que não tem muita coisa a saber. O cachorro com certeza sabe para onde quer ir.

Agora estou andando pela rua em Nova York com um cachorro.

Ele me puxa uns quarteirões rumo ao sul, onde tem um parque. Ele cheira tudo e faz xixi um pouco aqui e um pouco acolá. Faz xixi em cima de qualquer coisa. Eu nunca entendi esse negócio dos cachorros. Dizem que eles são muito inteligentes. Que têm uma intuição muito forte e que podem nos alertar para todo tipo de coisa. Como avalanches e desastres naturais. Pode muito bem ser verdade.

Mas esse cachorro não parece muito atento ao que se passa. Pelo menos até agora ele não me alertou para nada.

Quando chegamos ao parque o cachorro enlouquece. Ele vê outros cachorros e começa a pular. Parece totalmente irracional.

Eu sou um pouco diferente dos outros donos de cachorro. Não sei o que o cachorro espera de mim. Sinto que todo mundo está olhando para mim. Uma senhora chega mais perto. Ela também tem um cachorro. Diz que o meu cachorro e o dela são grandes amigos. Eu digo que venho de outro país e que é a primeira vez que saio a passear com um cachorro. Digo que não sei nem ao menos como o cachorro se chama.

A senhora diz que o meu cachorro se chama Obi e que eu preciso ser muito assertivo com ele.

Easy, Obi, eu digo.

Pergunto com que frequência ele come e bebe e o que eu devo fazer se ele começar a fazer cocô. A senhora me dá um saquinho. Ela pergunta se não recebi nenhum tipo de orientação e eu digo que um cara chamado David vai aparecer para buscar o cachorro.

Ele pode aparecer a qualquer momento.

Eu falo inglês com Obi.

Come on, eu digo. *Good dog.*

Agora Obi se acocorou para fazer cocô. Na grama. É nojento. Os corredores e as crianças ficam me olhando enquanto eu junto o cocô dele com o saquinho. Agora estou parado com um saquinho cheio de cocô de cachorro na mão. É uma situação absurda. Uma vida completamente diferente.

As pessoas devem achar que sou um dono de cachorro em Nova York. Que eu moro aqui e tenho um apartamento e um cachorro. Que eu junto esses cocôs todos os dias, antes e depois do trabalho.

É uma ideia vertiginosa.

Como não sou dono de cachorro em Nova York, isso significa que todas as outras pessoas também podem ser diferentes em relação àquilo que parecem ser.

Isso significa que é impossível saber o que quer que seja.

Todas essas pessoas.

Estão por toda parte. Nas ruas, nos parques, nas

lojas, nos arranha-céus. O que estão fazendo?

É impossível descobrir o que fazem só de olhar para elas.

Imagino que tentem fazer com que as coisas sigam funcionando. Exatamente como as pessoas fazem na Noruega e em todos os outros lugares. Elas tentam fazer com que tudo funcione. Eu vejo as pessoas enquanto vão de um lugar para o outro, fora de contexto. Estão a caminho de outro lugar para fazer com que as coisas funcionem por lá. As coisas precisam funcionar por toda parte, e em diferentes planos. Precisam funcionar na vida pessoal, em família, no trabalho e com os amigos, na sociedade local e naturalmente também na sociedade global.

Não são poucas as coisas que precisam dar certo.

E enquanto estou com o cachorro, em um cruzamento ou outro na parte leste de Manhattan, me pergunto se um dia as coisas ainda vão dar certo para mim.

Será que eu vou conseguir?

Não acho que eu seja diferente das outras pessoas. Tenho os mesmos sonhos. Quero ter uma família. Quero ter uma casa. Carro. Por que não? Todo mundo quer essas coisas.

E, quando eu consegui-las, quero que tudo funcione.

Sinto que passo a gostar de todas essas pessoas. Eu as compreendo. Claro que elas precisam andar pela rua, porque precisam ir para outros lugares. As coisas precisam funcionar por toda parte.

Estamos juntos nessa, eu penso. Aguente.

Vai dar tudo certo.

HOPI

Insisto com o meu irmão para que a gente suba até o topo do Empire State Building. Ele diz que vamos fazer isso em um dia com sol forte e céu claro.

Andamos e andamos.

Vemos prédios, pessoas e carros. Lojas. Comemos e bebemos. Eu comprei um cacho de bananas minúsculas.

Caminhamos por muitos quilômetros, e eu ganhei um par de tênis novos, porque os velhos tinham feito bolhas nos meus pés. Doeu muito.

Então ganhei um novo par de tênis Nike. Tênis de caminhada. Meu irmão pagou com um dos cartões de crédito dele.

Eu sempre compro Nike. E Levi's. Acho que são as melhores marcas. Acho mesmo. Nem penso em comprar outras marcas.

Alguém deve ter feito o seu trabalho muito bem.

Meu irmão se interessa por arte. Eu não sabia.

Tem muita coisa que eu não sei a respeito dele. Mas é legal passarmos um tempo junto. Mesmo que de vez em quando ele seja meio ríspido demais.

Andamos pelo SoHo. Vamos a galerias.

Olho os desenhos de um projeto que me parece muito atraente.

Alguém teve a ideia de construir uma estrutura

gigantesca de concreto sobre a Falha de Santo André, na Califórnia. É uma escultura. A escultura vai ter oitenta metros de comprimento e sessenta metros de largura. E sete metros de altura. Vai ser construída com um tipo de concreto que dizem ser o material de construção mais resistente que existe. O bloco vai pesar 65.000 toneladas. Mas a fundação sobre a qual deve repousar se movimenta. E se movimenta bem depressa. O bloco de concreto vai se partir ao meio, e as duas partes vão se afastar uma da outra a uma velocidade de 6-9 cm por ano.

Em 43 milhões de anos, a metade ocidental da escultura vai estar onde hoje fica o Alasca.

Esse é o tipo de arte que pretende fazer alguma coisa. Todos os projetos deviam ser assim.

Em outra galeria encontro um portfólio relacionado a Einstein. Feito por uma estudante de arte. Ela leu muito a respeito de Einstein e reuniu informações a respeito dele e juntou tudo em um portfólio chamado *The Einstein Papers*. Eu quero comprar o portfólio. Custa 20 dólares. O meu irmão obviamente acha que é uma bobagem. Está tentando me convencer a abandonar essa ideia. Mas Einstein é meu amigo. Eu compro o portfólio.

Meu irmão balança a cabeça.

Agora o meu irmão está com o dedo apontado para o Empire State Building.

Eu olho para o prédio. Ele surge em meio ao panorama. E os andares mais altos são iluminados por uma luz azul. Eu queria que a gente fosse para lá.

Agora.

Mas o meu irmão tem outros planos.

Já é tarde. Ele acha que a gente devia ir para casa assistir TV.

Bebemos cada um uma cerveja enquanto uma mulher na TV diz que, caso eu tenha sofrido um acidente, não importa o quão leve ou o quão grave tenha sido, posso telefonar para que ela dê entrada num processo e consiga uma indenização do responsável pelo acidente ou do proprietário do local onde o acidente ocorreu. Ela faz tudo parecer muito simples.

Na cama eu leio *The Einstein Papers*.

São apenas vinte e poucas folhas A4. Com umas figuras e uns textos aqui e acolá. Claire, a estudante responsável pelo portfólio, escreve que Einstein era um homem bondoso que se preocupava com as pessoas e fazia o máximo para que o conhecimento fosse uma bênção para a humanidade.

Segundo o portfólio, Einstein tinha dois objetivos na vida. O primeiro era levar uma vida simples. O segundo era formular uma teoria capaz de expressar as relações existentes na natureza, e que no fim pudesse culminar em paz e justiça para todos.

Uma das folhas é uma cópia de uma das páginas

do manuscrito em que Einstein escreveu sua teoria. Olho respeitosamente para a folha.

Umas palavras e uns números.

Talvez seja esse o trecho onde a teoria afirma que o tempo meio que não existe.

A folha é assim:

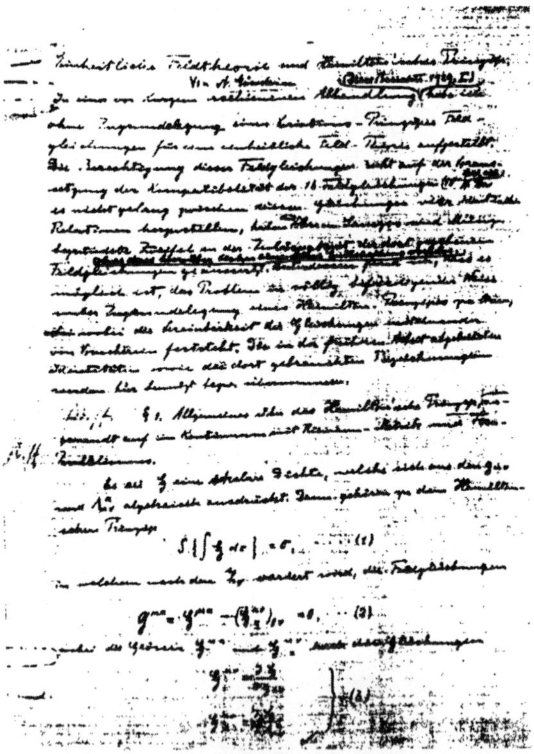

Albert Einstein, 6 1/4 page autograph manuscript of his paper, ***Einheitliche Feldtheorie und Hamilton'sches Prinzip*****, 1929.**

SWANN GALLERIES

from my study of Einstein

O mais bonito em todo o portfólio é uma fotografia de Einstein com um grupo de índios. Einstein sorri e tem um cocar na cabeça. E segundo o texto uma vez ele disse que os índios hopi certamente eram as pessoas que mais entendiam a teoria da relatividade. A língua deles não tem palavras para o tempo, e os conceitos de passado e futuro não existem. Os hopi não vivenciam o tempo como uma coisa linear, mas como um espaço circular onde o passado, o presente e o futuro sempre existem lado a lado.

Quando eu voltar para casa vou tentar descobrir se existe um grupo de hopi em Oslo, e se eu posso frequentá-lo, mesmo não sendo hopi.

Antes de dormir eu anoto as lembranças mais nítidas dos meus dois primeiros dias nessa cidade:

– Um homem uniformizado que saiu correndo de um prédio para carregar a bagagem de uma mulher elegantemente vestida que descia de um táxi

– Quatro meninos de feições asiáticas que jogavam vôlei na grama do parque

– Um homem que tocava violão numa estação de metrô

– Uma grande região que estava isolada porque um duto de água tinha estourado

– Um menino que corria no parque enquanto o pai tentava fazer com que se interessasse por um graveto

– Uma vitrine cheia de almofadas infláveis

– Um homem enorme que falava russo e preparava hambúrgueres com uma quantidade enorme de manteiga

– Uma grande garrafa de cerveja

– Um homem de patins que primeiro quase esbarrou numa mulher e logo depois quase bateu contra um carro

– Um judeu ortodoxo de walkman e tênis vermelhos de corrida

– Uma garota que estava distribuindo um novo tipo de chiclete e dizendo que era grátis só hoje

– Um homem que estava sentado com um cartaz onde dizia que ele não tinha dinheiro e era HIV positivo

– Uma garota que entrou numa loja e perguntou se o atendente do outro lado do balcão estava bem

– Uma senhora de óculos de sol que estava sentada num café e disse para a amiga que tinha conversado com um homem até as quatro horas da madrugada e que aquele era um relacionamento no qual ela acreditava

– Um proprietário de restaurante que estava no meio da rua com um taco de golfe na mão enquanto a gente jantava

– Um carro muito longo com janelas foscas e pretas para que ninguém pudesse olhar para dentro

– Uma revista pornô chinesa que trazia na capa uma garota chinesa que tapava os mamilos

1 – 800 – PARKS

Ao acordar descubro que Obi derrubou minhas bananinhas do balcão da cozinha. Estavam todas espalhadas pelo chão. Balanço a cabeça e digo, Obi, Obi.

David ainda não passou aqui. Ele devia ter vindo há dois dias.

Alguém precisa passear com Obi.

Eu preciso passear com Obi. Calço meus tênis novos da Nike.

Agora eu saio com Obi. Está chovendo.

Na entrada do parque há uma placa com um número de telefone através do qual é possível relatar problemas relacionados ao parque.

Obi é de certa forma um desses problemas. Anoto o número de telefone:

1-800-PARKS. Se David não aparecer para buscar Obi ainda hoje eu vou ligar para esse número.

Um homem com um cachorro grita de longe perguntando se Obi é macho ou fêmea. Está bem claro que o cachorro dele é uma fêmea e que está no cio. E além do mais está correndo solta.

Eu grito de volta dizendo que não sei.

O homem olha pra mim e balança a cabeça. Ele me acha esquisito.

Agora encontro um outro homem com um outro cachorro. Ele diz que conhece Obi. Diz que Obi tem metabolismo acelerado, e que eu devia dar comida para ele com mais frequência do que ele dá comida para o cachorro dele. É um esclarecimento sem nenhum sentido. Ele não diz nada sobre a frequência com que dá comida para o cachorro dele. Mas também me conta que Obi é macho.

Eu peguei só um saquinho, então quando se acocora para fazer cocô pela segunda vez Obi me faz passar vergonha. Ele faz cocô na calçada. Quando termina, atravessamos a rua e fazemos de conta que nada aconteceu.

Shame on you, eu digo para Obi. *Bad dog.*

É absurdo passear com um cachorro nas ruas de Nova York.

Mas ao mesmo tempo me dá perspectiva. Muita perspectiva.

Estou bem longe de casa. Numa cidade grande.

Todas essas pessoas. E eu sou um só.

A única coisa que posso saber o tempo inteiro é o que estou pensando. Não tenho a menor ideia sobre o que os outros pensam.

Será que acham que o espaço é grande e perigoso?

Eu acho.

Será que de vez em quando pensam na época em que eram pequenos?

Eu penso.

No que será que acreditam?

Eu acredito que ninguém devia ficar sozinho. Que todo mundo devia ter companhia. De amigos. Da pessoa que ama. Acredito que o amor é importante. Acredito que é a coisa mais importante.

Enquanto meu irmão prepara o café da manhã, escrevo um cartão-postal para Lise. Escrevo o seguinte:

Oi, Lise.

Nova York é muito grande. Tenho um sentimento parecido com estar no espaço. Como se eu estivesse livre de qualquer responsabilidade. Como se eu não pudesse fazer nada além de me esforçar ao máximo para aproveitar. Ando passeando com um cachorro chamado Obi. Estamos em um prédio com porteiro. Ele usa uniforme e diz *how are you today, mister,* e eu digo, *fine*. Meu irmão não quer que eu fale sobre o tempo ou sobre o espaço. Não vejo a hora de te reencontrar. Não martelo desde a última vez em que a gente se viu. Acredito que o mais importante é o amor.

Quando volto para casa depois de postar o cartão, Obi não está mais lá. David passou para buscá-lo.

Assim me escapo de ligar para 1-800-Parks.

Pergunto o que David disse, mas o meu irmão diz que ele não disse praticamente nada. Simplesmente pediu desculpas por ter se atrasado dois dias, e então perguntou se as bananinhas eram de verdade.

Nos Estados Unidos as pessoas não sabem se as frutas que estão no chão são de verdade ou de plástico.

Enquanto comemos o meu irmão me pergunta no que eu acredito.

Em relação a quê?, eu pergunto.

Em relação a tudo, ele diz.

Eu falo sobre a perspectiva que acabo de sentir e digo que Nova York é meio como o espaço e que o mais importante é o amor.

Meu irmão faz um gesto afirmativo com a cabeça.

Ele pergunta se já avaliei a possibilidade de pensar menos. Eu digo que avalio essa possibilidade diariamente, mas que não é tão simples assim.

Meu irmão diz que eu devia me dedicar mais a vivências diferentes.

Como por exemplo o quê?, eu pergunto.

Brincar, ele diz. E ele diz que hoje eu vou deixar que ele decida.

Eu pergunto o que ele decide.

Ele decide que a gente pense pouco e dê muita risada.

Por mim tudo bem, eu digo.

A BIBLIOTECA

Estamos sentados na New York Public Library.

Meu irmão decidiu que a gente viria para cá.

A biblioteca é bonita. Grande. E está cheia de gente. E de vigias que ficam conferindo se as pessoas que saem não roubaram nenhum livro.

Eu olho para os periódicos.

Em um número da *TIME* vejo a imagem de uma nuvem de gás em um lugar qualquer do universo. A imagem foi tirada por satélite e o texto explica que a nuvem de gás tem vários quintilhões de quilômetros de altura.

É assim que deve ser.

Meu irmão está sentado no outro lado da sala, em frente a um computador. Vejo que ele está rindo sozinho. Ele me chama com um gesto.

Bem à frente do meu irmão um mendigo está lendo. Todas as sacolas dele estão no chão. Com certeza são quinze sacolas. E as roupas dele são trapos. Mas ele está lendo um livro chamado *Economic Science*.

A garota do hotel em Oslo tinha mesmo razão quando disse que o mundo é mais complexo do que eu imagino.

Meu irmão não é tão complexo.

Ele está sentado fazendo buscas por autores que tenham nomes que sejam ao mesmo tempo palavrões em norueguês.

Eu digito uma palavra muito feia.

Meu irmão ri muito. E acho tudo aquilo meio constrangedor.

Mas quando o resultado aparece eu também começo a rir.

É terrivelmente infantil, mas ao mesmo tempo delicioso.

Me deixo levar. E enquanto o meu irmão ri eu olho ao redor e torço para que ninguém entenda o que a gente está fazendo.

Passamos um bom tempo lá. Talvez uma hora. É uma vivência grandiosa. Fazia tempo que eu não ria desse jeito. Muitas vezes o engraçado é a distância entre o nome dos autores e a seriedade do livro que escreveram. Mas às vezes também é bom simplesmente ver as palavras surgirem no monitor. Sinto como se a gente estivesse enganando outra pessoa.

Eu e o meu irmão competimos para ver quem vai ser o próximo a inventar a palavra seguinte. Algumas dessas palavras são realmente muito feias.

Aqui estão uns exemplos do que encontramos:

The Research Libraries of The New York Public Library/All Locations http://149.123.101.18/search/a?fitte

You searched for the AUTHOR: **fitte**
10 AUTHORS found with 28 ENTRIES

1. Fitte Albert
2. Fitte Ernesto J (14 entries)
3. Fitter Alastair (2 entries)
4. Fitter Chris
5. Fitter E Ingles Joseph
6. Fitter Jorn Carsten (2 entries)
7. Fitter Richard Sidney Richmond (3 entries)
8. Fitterer Mario
9. Fitterling Thomas
10. Fitterman Robert (2 entries)

(EXTENDED DISPLAY)- (START OVER)- (ANOTHER SEARCH)- (LIMIT/SORT)

(NEXT RECORD)- (PREVIOUS RECORD)- (RETURN TO BROWSE)- (ANOTHER SEARCH)- (START OVER)

You searched for the KEYWORDS: **fitte**
Record 6 of 9

Call #	HKR 73-2509
Author	Fitte, Ernesto J.
Title	**Martín García; historia de una isla argentina [por] Ernesto J. Fitte.**
Imprint	Buenos Aires, Emecé Editores [1971]
Descript	207 p. map. 21 cm.
Note	"Adhesión a las IIas. Jornadas de Historia del Litoral Fluvial Argentino." Includes bibliographical references.
Subject	Martín García (Island) --History.

(NEXT RECORD)- (PREVIOUS RECORD)- (RETURN TO BROWSE)- (ANOTHER SEARCH)- (START OVER)

The Research Libraries of The New York Public Library/All Locationhttp://149.123.101.18/search/afitte/0,10,28/item&afitte+albert&1,0,0

(NEXT RECORD)- (PREVIOUS RECORD)- (RETURN TO BROWSE)- (ANOTHER SEARCH)- (START OVER)

You searched for the AUTHOR: **fitte**

Call # JFE 80-1470
Author Fitte, Albert.
Title **Spectroscopie d'une propagande révolutionnaire : "El Moudjahid" des temps de guerre; juin 1956-mars 1962 / Albert Fitte.**
Imprint Montpellier : Université Paul Valéry, [Centre d'histoire militaire de Montpellier], 1973.

Descript iv, 160, iv, 150 p. ; 25 cm.
Series Études militaires, 1
Note "Répertoire pour la consultation des trois volumes de la reédition d'el Moudjahid": p. 1-150 (4th group).
Includes bibliographical references.
Subject el-Moudjahid.
Algeria --History --1945-1962.

(NEXT RECORD)- (PREVIOUS RECORD)- (RETURN TO BROWSE)- (ANOTHER SEARCH)- (START OVER)

You searched for the AUTHOR: **kuk**
163 AUTHORS found with 298 ENTRIES

1. Kuk D Ben Nahum Ha Kohen
2. Kuk G I
3. Kuk Leszek
4. Kuk Shalom Natan Raanan 1900 1972
5. Kuk Yehudit
6. Kukacarma Va
7. Kukacka Helmut
8. Kukacka L E
9. Kukacka Lawrence E
10. Kukacka Miroslav

(NEXT PAGE)- (EXTENDED DISPLAY)- (START OVER)- (ANOTHER SEARCH)- (LIMIT/SORT)

(NEXT RECORD)- (PREVIOUS RECORD)- (RETURN TO BROWSE)- (ANOTHER SEARCH)- (START OVER)

You searched for the AUTHOR: **kuk**

Call # *PBP 82-2639
Author Kuk, Yehudit.
Title **MH'SBT YHWDYT : KTBY/M / YHWDYT QWQ ; [HTQYN WHBYA LDPWS 'SMWAL MRW/M].**
Imprint YRW'SLY/M : [s.n.], 738 [1978]

Descript	197 p. ; 25 cm.
Subject	Bible. O.T. Genesis --Meditations.
	Judaism.
Add'l name	Marom, Shemuel.
Donor	Mahashevet Yehudit.

(NEXT RECORD)- (PREVIOUS RECORD)- (RETURN TO BROWSE)- (ANOTHER SEARCH)- (START OVER)

You searched for the AUTHOR: **pikk**
3 AUTHORS found with 3 ENTRIES

1. Pikkert P
2. Pikkusaari Jussi 1939
3. Pikkuvirta V G

(EXTENDED DISPLAY)- (START OVER)- (ANOTHER SEARCH)- (LIMIT/SORT)

You searched for the KEYWORDS: **suging**
Found 2 items:
SUGII is in 2 titles.
There are 2 entries with SUGII.

- Kindai Nihon shakai to Kirisutokyo / Sugii Mutsuro Sensei Ta(1989)
- Kindai Nihon shakai to Kirisutokyo / Sugii Mutsuro Sensei Ta(1989)

(EXTENDED DISPLAY)- (RETURN TO BROWSE)- (START OVER)- (ANOTHER SEARCH)- (LIMIT/SORT)

(NEXT RECORD)- (RETURN TO BROWSE)- (ANOTHER SEARCH)- (START OVER)
You searched for the AUTHOR: **suge**
Record 1 of 3

Call # MQN 80-1764
JFD 80-10174 --Additional copy.
Author Suger, Abbot of Saint Denis, 1081-1151.
Title **Abbot Suger on the Abbey Church of St.-Denis and its art treasures / edited, translated, and annotated by Erwin Panofsky. 2d ed. / by Gerda Panofsky-Soergel.**
Imprint Princeton, N.J. : Princeton University Press, c1979

Descript	xix, 285 [28] p. : ill. ; 25 cm.
Note	Latin and English.
	Bibliography: p. 262-275.
	Includes index.
Subject	Architecture --Early works to 1800.
	Art --Early works to 1800.
	Saint-Denis, France (Benedictine abbey).
Add'l name	Panofsky, Erwin, 1892-1968.
	Panofsky-Soergel, Gerda, 1929-

(NEXT RECORD)- (RETURN TO BROWSE)- (ANOTHER SEARCH)- (START OVER)

You searched for the AUTHOR: **basj**
No matches found; nearby items are:

- ☐ Basiron Philippe 15th Cent
- ☐ Basisgruppe Vwl Koln
- ☐ Basisgruppe Wik
- ☐ Basista Jakub
- ☐ Basit Abdul 1942-
- ☐ Basiuk V M
- ☐ Basiuk Victor 1932-
- **Your author *Basj* would be here**
- ☐ Bask Katia
- ☐ Baskakov A N Aleksandr Nikolaevich (5 entries)
- ☐ Baskakov Albert Pavlovich
- ☐ Baskakov Aleksandr Nikolaevich
- ☐ Baskakov Eduard Gennadevich

(NEXT PAGE)- (PREVIOUS PAGE)- (EXTENDED DISPLAY)- (START OVER)- (ANOTHER SEARCH)

You searched for the KEYWORDS: **pule**
Record 1 of 2

Call # *KF(T) 1862 91-249
Author Church of England.
Title **Book of common prayer. Hawaiian**
Ka Buke o ka pule ana a me ka hooko ana i na kauoha hemolele : e like me ka mea i kauohaia no ka haipule ana ma ka pae aina Hawaii : ua huiia hoi me na Halelu a Davida, i hookaawaleia i mea e himeni ai a heluhelu ai paha ilolo o na halepule.
Imprint [Honolulu? : s.n.] (Honolulu : Polynesian Book and Job Print.), 1862.

Descript 397 p. ; 19 cm.
Local note Inscribed: "The Hawaiian Prayer Book as translated by the late King of Hawaii Kamehameha IV. for Lady Franklin with the love of Emma R."
Note "He olelo hoakaka" (p. 391-397) dated Honolulu, June, 1863.

You searched for the AUTHOR: **rumpehull**
No matches found; nearby items are:

- ☐ Rump Erling
- ☐ Rump Gerhard Charles (3 entries)
- ☐ Rump Hans Hermann (2 entries)
- ☐ Rump Hans Uwe 1945
- ☐ Rump Kabita
- ☐ Rump Kay 1937
- ☐ Rump Reinhold 1938

Your author *Rumpehull* would be here

- ☐ Rumpel Franz
- ☐ Rumpel Heinrich 1912
- ☐ Rumpel Johannes
- ☐ Rumpel Roland
- ☐ Rumpeters A (2 entries)

(NEXT PAGE)- (PREVIOUS PAGE)- (EXTENDED DISPLAY)- (START OVER)- (ANOTHER SEARCH)

You searched for the AUTHOR: **runke**
11 AUTHORS found with 19 ENTRIES

1. Runke James F (6 entries)
2. Runkel David R
3. Runkel Gunter 1946
4. Runkel Gunther
5. Runkel Hue Williams Ltd (3 entries)
6. Runkel Kenneth E 1881
7. Runkel Margaret 1906
8. Runkel Otto
9. Runkel Philip Julian 1917
10. Runkel Phillip M
11. Runkel Reinhild (2 entries)

(EXTENDED DISPLAY)- (START OVER)- (ANOTHER SEARCH)- (LIMIT/SORT)

(NEXT RECORD)- (PREVIOUS RECORD)- (RETURN TO BROWSE)- (ANOTHER SEARCH)- (START OVER)

You searched for the AUTHOR: **runke**
Record 3 of 6

Call # JLF 79-60
Title **Proceedings of the regional rail planning seminars, fall 1976 / edited by James F. Runke and Norbert Y. Zucker.**
Imprint [Washington] : U. S. Dept. of Transportation, Federal Railroad Administration, 1977.

Descript v, 161 p. : ill. ; 29 cm.
Note Cover title: Regional rail planning seminars.
Papers presented at five seminars held in Atlanta, Omaha, Salt Lake City, Fort Worth, and Albany in the fall of 1976 and sponsored by the Federal Railroad Administration, U. S. Dept. of Transportation and the Council of State Governments.
Includes bibliographical references.
Subject Railroads and state --United States --Congresses.
Transportation planning --United States --Congresses.
Add'l name Zucker, Norbert Y.
Runke, James F.
United States. Federal Railroad Administration.
Council of State Governments.
Alt title Regional rail planning seminars.

(NEXT RECORD)- (PREVIOUS RECORD)- (RETURN TO BROWSE)- (ANOTHER SEARCH)- (START OVER)

You searched for the AUTHOR: **pupp**

Call # JSC 73-199
Author Pupp, Wolfgang.
Title **Vakuumtechnik; Grundlagen und Anwendungen. Vacuum techniques; principles and applications. 2. Aufl., neu bearb. und erg.**
Imprint München, K. Thiemig [c1972]

Descript xi, 402 p. illus. 18 cm.
Series Thiemig-Taschenbücher, Bd. 43
Note Bibliography: p. 385-393.
Subject Vacuum technology.
Alt title Vacuum techniques.

(NEXT RECORD)- (PREVIOUS RECORD)- (RETURN TO BROWSE)- (ANOTHER SEARCH)- (START OVER)

You searched for the AUTHOR: **slikke**
3 AUTHORS found with 5 ENTRIES

1. Slikke Maria Van Der
2. Slikkerveer L J Leendert Jan (3 entries)
3. Slikkerveer Leendert Jan

(EXTENDED DISPLAY)- (START OVER)- (ANOTHER SEARCH)- (LIMIT/SORT)

(NEXT RECORD)- (PREVIOUS RECORD)- (RETURN TO BROWSE)- (ANOTHER SEARCH)-
(START OVER)

You searched for the AUTHOR: **fis**

Call #	*QVM 92-692
Author	Fis, Teodor.
Title	**Dukelské noci.**
Edition	[1. vyd.]
Imprint	Bratislava, Vydavatelstvo politickej literatúry, 1965.
Descript	151 p. front. 21 cm.
Subject	World War, 1939-1945 --Fiction.

(NEXT RECORD)- (PREVIOUS RECORD)- (RETURN TO BROWSE)- (ANOTHER SEARCH)-
(START OVER)

You searched for the AUTHOR: **rompe**
Found 2 items:
Rompe Robert

1. Ergebnisse der Plasmaphysik und der Gaselektronik. (1967)
2. Festschrift des wissenschaftlichen Kolloquiums zum 65. Geburtstag von Robert Rom (1973)

(EXTENDED DISPLAY)- (RETURN TO BROWSE)- (START OVER)- (ANOTHER SEARCH)- (LIMIT/SORT)

Depois de um tempo o meu irmão se levanta e sai para comprar um chocolate. Eu digo que já estou indo. Tem mais umas palavras que eu gostaria de conferir, digo. Talvez seja consciência pesada por termos nos divertido por tanto tempo às custas dos outros.

Faço buscas por palavras mais agradáveis.

Não é engraçado, mas sinto que assim eu crio um certo equilíbrio.

Aqui está o que encontro:

You searched for the AUTHOR: **klokke**
3 AUTHORS found with 5 ENTRIES

1. Klokke A H
2. Klokke Coster A
3. Klokke Marijke J (3 entries)

(EXTENDED DISPLAY)- (START OVER)- (ANOTHER SEARCH)- (LIMIT/SORT)

(NEXT RECORD)- (PREVIOUS RECORD)- (RETURN TO BROWSE)- (ANOTHER SEARCH)- (START OVER)

You searched for the AUTHOR: **klokke**

Call # JFL 73-170 [Nr.] 79
Title **De slimme en de domme : Ngadju-Dajakse volksverhalen / A. Klokke-Coster, A. H. Klokke, M. Saha.**
Imprint 's-Gravenhage : Nijhoff, 1976.

Descript	viii, 121 p. : ill. ; 24 cm.
Series	Instituut voor Taal-, Land- en Volkenkunde. Verhandelingen, \[Nr.] 79\79\
Note	Dutch and Ngadju dialect.
	Bibliography: p. [1].
Subject	Tales, Ngadju --Indonesia --Kalimantan.
Add'l name	Klokke-Coster, A.
	Klokke, A. H.
	Saha, Munte.

(NEXT RECORD)- (PREVIOUS RECORD)- (RETURN TO BROWSE)- (ANOTHER SEARCH)- (START OVER)

You searched for the AUTHOR: **bankebrett**
No matches found; nearby items are:

- ☐ Banka Lawrence
- ☐ Banka Slovenije (2 entries)
- ☐ Bankai Workshop 1992 Brussels Belgium
- ☐ Bankaliuk L V
- ☐ Bankara Felix
- ☐ Bankav A Ia
- ☐ Bankcard Holders Of America
- **Your author *Bankebrett* would be here**
- ☐ Bankei 1622-1693 (2 entries)
- ☐ Bankel Hansgeorg (2 entries)
- ☐ Bankel Walter
- ☐ Banken Robert
- ☐ Bankendorf Carla

(NEXT PAGE)- (PREVIOUS PAGE)- (EXTENDED DISPLAY)- (START OVER)-
(ANOTHER SEARCH)

You searched for the AUTHOR: **ball**
1029 AUTHORS found with 2235 ENTRIES

1. Ball A Gordon
2. Ball Abraham 1908- (3 entries)
3. Ball Adrian (4 entries)
4. Ball Alan
5. Ball Alan M
6. Ball Alan R (6 entries)
7. Ball Alan William (4 entries)
8. Ball Alice Morton
9. Ball Allan Perley 1871-
10. Ball Ann
11. Ball Anthony Michael
12. Ball Arthur E

(NEXT PAGE)- (EXTENDED DISPLAY)- (START OVER)- (ANOTHER SEARCH)- (LIMIT/SORT)

You searched for the AUTHOR: **min jente**
No matches found; nearby items are:

- Min Fan Lu
- Min Hahar Sh Shelomoh (2 entries)
- Min Hsiao Hui Shang Kuan
- Min Hyon Gu (2 entries)
- Min Il Gi
- Min J K
- Min J L 1949

Your author *Min Jente* would be here ------ Change search to **Jente, Min**

- Min Kantrowitz Associates
- Min Kwan Sik 1918
- Min Kyong Bae (3 entries)
- Min Kyong Bae 1934 (2 entries)
- Min Kyong Hyon 1933

(NEXT PAGE)- (PREVIOUS PAGE)- (EXTENDED DISPLAY)- (START OVER)-
(ANOTHER SEARCH)

You searched for the AUTHOR: **jente, min**
No matches found; nearby items are:

- Jenssen Pharmaceutica
- Jensson Liv 1906
- Jenstad Margaret A
- Jenster Per V
- Jensterle Alenka
- Jent Louis 1936
- Jent Louis 1936-

Your author *Jente Min* would be here ------ Change search to **Min, Jente,**

- Jentel Marie Odile
- Jentgen Leon
- Jentgen Pierre 1884 (2 entries)
- Jentgens Stephanie
- Jentleson Bruce W 1951 (3 entries)

(NEXT PAGE)- (PREVIOUS PAGE)- (EXTENDED DISPLAY)- (START OVER)- (ANOTHER SEARCH)

Continuamos andando por essa grande cidade.

Foi uma manhã especialmente bem-sucedida.

Enquanto a gente estava na biblioteca eu meio que não pensei em nada. Simplesmente ri.

Digo para o meu irmão que ele é bom em decidir.

Agora estamos na frente do Empire State Building. Ainda está chovendo, então passamos sem pegar o elevador. Olho para o prédio. É enorme. Não vejo o topo. Mas sei que o tempo anda um pouco mais depressa lá em cima. Digo isso para o meu irmão, mas ele acha que é bobagem.

O PARQUE

Nessa cidade é fácil pensar em coisas grandiosas.

Penso no livro de Paul. Me sinto confuso.

A única questão que realmente importa deve ser essa: as coisas estão ficando melhores ou piores?

É uma questão que diz respeito a mim e que diz respeito a todas as outras pessoas, e também aos bichos e ao mundo inteiro.

E toda essa história sobre o que vai acontecer daqui a um quintilhão de anos a rigor não me diz respeito. É o que percebo de repente. Talvez pareça egoísta, mas estou cada vez mais preocupado com o que vai acontecer durante a minha vida, e não com o que vai acontecer depois.

Esse pensamento traz um sentimento forte de libertação.

Penso nisso enquanto eu e meu irmão jogamos frisbee no Central Park. Faz tempo que estamos jogando.

Nos afastamos cada vez mais um do outro. Meu irmão comprou um frisbee muito bom. O frisbee é pesado e estável. Às vezes tenho a impressão de que eu poderia jogá-lo tão longe quanto eu quisesse.

Agora eu jogo o frisbee.

Agora o meu irmão o recebe.

Agora o meu irmão o joga.

Agora eu o recebo.

Já estamos há vários minutos sem que nenhum

de nós deixe o frisbee cair no chão.

Meu irmão é muito dedicado. Ele corre o mais rápido que pode.

Pula e se atira.

Aquele entusiasmo todo me contagia.

Penso que nunca vou parar de jogar coisas.

Penso que acredito na purificação da alma através da brincadeira e da diversão.

MAIS BURROS

É noite e eu sinto o meu corpo cansado depois de tantas brincadeiras e andanças. Me sinto cansado e bem. Como eu me sentia quando voltávamos dos passeios de esqui quando eu era pequeno.

E estou com uma bolha na mão por causa do frisbee. Bem na ponta do indicador direito.

Daqui a pouco vou furar a bolha, limpá-la e pôr um curativo do Pato Donald. Tem um monte de curativos do Pato Donald no armário do banheiro.

Meu irmão pergunta se estou satisfeito com o dia e eu digo que estou. Digo que amanhã eu quero brincar mais.

Ele sorri para mim e diz que assim sim.

Diz que eu tenho que perder o costume de pensar em coisas assustadoras. Esqueça essa história de espaço, ele diz.

Agora eu me sirvo de comida japonesa do take-away e ligo a TV.

Hoje estão falando sobre um garoto que era magro na época da High School. As meninas achavam que ele não era bacana e, quando ele perguntou à garota mais bonita da turma se queria ir com ele a uma festa, ela disse que não.

Agora se passaram alguns anos e o garoto mudou bastante. Ele tem bigode e músculos. E corre palco afora, exibindo os bíceps definidos. O público vai à loucura. E ele arranjou uma namorada ainda mais bonita que a menina mais bonita da turma.

E a menina que era a menina mais bonita da turma também sobe ao palco.

Hoje ela se arrepende.

Segundo o programa, o que importa não é a nossa aparência, mas aquilo que somos por dentro.

Acho que os americanos são um pouco mais burros do que eu.

Meu irmão também acha. E com certeza o meu pai também.

Essas foram as coisas que eu vi hoje:

– Um homem negro que chamava a bicicleta de *bitch*

– Uma loja que vendia equipamentos de bombeiro

– Uma pintura de Dalí com relógios derretidos

– Dois judeus com quipás correndo para fora de uma ambulância

– Cinco jovens negros que passeavam no parque, cada um com um toca-fitas no ombro. Eles falavam uns com os outros, mas ninguém pode ter ouvido nada além da música

– Um arranha-céu em construção

– Um menininho usando drogas no parque

– Uma loja que tinha tantos jornais diferentes que fui obrigado a desistir

– Um senhor com a barba por fazer e uma mulher razoavelmente jovem que dormiam apoiados um no outro em um banco

– Uma loja de bicicletas com a minha bicicleta favorita

– Um velho magro com a gravata jogada por cima do ombro que gritava com um carro que havia furado o sinal vermelho

– Uma vendedora numa loja de calças jeans que não tinha nada para fazer

– Um policial de bicicleta, com pistola

– Um homem negro que tocava bateria com latas de tinta vazias, uma caixa de pão e uma grelha de forno. Ele era muito bom e eu dei umas moedas para ele

– Um homem que bebia café enquanto andava pela rua

– Um homem que deu um endereço em Paris para uma garota que ele não conhecia

– Um *fitness center* onde as pessoas corriam em esteiras enquanto assistiam a quatro televisões

– Um buquê de rosas jogado na rua

– Uma lixeira cheia de pés de gado e de porco cortados

– Uma menininha que jogava uma bola contra a parede enquanto o pai dela ficava logo atrás fazendo elogios

– Uma senhora que ficou toda azeda quando descobriu que tinha servido um sorvete de baunilha para mim, embora eu tivesse pedido um sorvete de chocolate

PRÓXIMOS

Me sinto por cima.

Pela primeira vez em muito tempo tenho a sensação de que tudo pode acontecer. Hoje eu acordei e pensei que tudo podia acontecer, que as coisas simplesmente viriam até mim, e que seriam coisas boas.

Eu não me sentia assim desde que eu era pequeno.

Pode ser essa cidade que está fazendo isso comigo. Ou então pode ser o meu irmão.

Por um tempo achei que ele era menos simpático do que eu. Mas agora já não acho mais nada disso. Meu irmão é um cara legal. Ele quer o meu bem.

Passamos muitas horas alegres um ao lado do outro nesses últimos dias.

Jogamos frisbee e corremos na grama. Conversamos sobre como eram as coisas quando a gente era pequeno e chegamos à conclusão de que tudo era bem diferente.

As coisas eram mais simples e maiores, mas acima de tudo diferentes. Às vezes eram melhores do que hoje, às vezes eram piores. Meu irmão acha que é um beco sem saída alegar que tudo era melhor antes.

Mas ele gosta da palavra diferente.

E agora à noite eu consegui convencê-lo a martelar.

Desligamos a TV e ficamos conversando sentados. Sobre garotas. Meu irmão sempre foi meio indeciso no que diz respeito às garotas. Ele quer e não quer tê-las por perto.

Eu digo a ele que não é assim que funciona. Ele não pode ter e não ter uma garota. Não ao mesmo tempo. Pelo menos não enquanto não encontrar uma garota que ao mesmo tempo queira e não queira tê-lo por perto.

Ele falou sobre a última garota com quem teve um relacionamento. Tudo indicava que os dois acabariam mesmo juntos. Mas no fim o meu irmão mudou de ideia e estragou tudo. E o pior é que ele nunca entendeu direito por que fez isso. Foi por conta de um simples palpite. Ele achava que talvez as coisas pudessem ser melhores com outra garota. Tudo estava bom, mas talvez pudesse ser ainda melhor. Com outra garota.

Então ele a deixou.

E hoje ele se arrepende. Todos os dias.

Depois de me contar essas coisas todas, meu irmão passou um tempo em silêncio total, balançando a cabeça.

Senti pena dele.

Peguei o conjunto de martelar e o coloquei em cima da mesa, na frente do meu irmão. Depois entreguei-lhe o martelo, e quando ele o pegou na mão e lançou um olhar curioso em direção a mim, eu acenei devagar a cabeça.

Então ele começou a martelar. Num ritmo discreto e meio complexo ele martelou os pinos e virou o conjunto por diversas vezes.

Nenhum de nós disse nada.

Senti que estávamos muito próximos um do outro enquanto ele martelava.

"LILLE KATTEPUS"

Hoje estamos cada um na sua.

O meu irmão no canto dele e eu no meu. Mais tarde vamos nos encontrar, mas nós dois achamos que podia ser bom passarmos um tempo sozinhos.

Estou sentado num banco olhando para as pessoas. Me faz bem ver tantas pessoas diferentes. Saber que existe tanta gente. Sinto uma ternura por essas pessoas. A maioria faz o melhor que pode. Eu também faço o melhor que posso.

Vejo muita gente que não está muito bem.

Pessoas que são pobres ou tristes.

Devíamos ser mais gentis uns com os outros. Não só nos Estados Unidos. As pessoas no mundo inteiro deviam ser mais gentis umas com as outras.

Agora eu me levanto e começo a falar com as pessoas que passam. Muitas me ignoram, mas outras respondem.

Pergunto o que é importante para elas.

Umas dizem *love.*

Umas dizem *friends.*

Umas dizem *my family.*

Uma diz *music.*

Uma diz *cars.*

Uma diz *money,* mas eu noto que é ironia.

Uma diz *girls.*

Duas dizem *boys*.

Muitas dizem *friends and family*.

Umas dizem que não sabem.

Também pergunto se as pessoas acham que tudo vai dar certo no final.

Muitas balançam a cabeça ao ouvir a pergunta, mas das pessoas que respondem, metade diz *yes* e metade diz *no*.

Gostaria de saber se essa amostra seria representativa de outras populações.

Compro um milkshake e vou tomando o conteúdo enquanto eu caminho. Meus tênis novos são demais. A Nike é demais.

Essa cidade é cheia de nomes de produtos. Um pouco em função da publicidade aqui e acolá, mas também porque muitas empresas têm escritórios aqui.

Agora estou passando em frente ao prédio da Rolex.

Pergunto ao porteiro se posso entrar para ver os relógios, mas ele diz que aquele lugar é apenas uma oficina. Deve ser uma oficina enorme. Mas ele me trata com respeito. Talvez ache que eu tenho dinheiro para um Rolex.

Agora que comecei a prestar atenção nisso, vejo publicidade por toda parte.

É muito estranho, mas de certa forma eu sinto ter uma ligação com as seguintes empresas e produtos, e realmente gosto de algumas:

- Nike
- Levi's
- Volvo
- Snapple
- Ray Ban
- Brio
- Nikon
- Sony
- Findus
- Cannondale
- Rolex
- Rema 1000
- Carhartt
- Colgate
- BBC
- Berghaus
- Universal Pictures
- NRK
- Urtekram
- Farris
- Statoil
- Apple Macintosh
- SAS
- Sørlandschips
- Absolut Vodka
- Atomic
- Fjällräven

– Solo
– Bang & Olufsen
– Europcar
– Stüssy
– Massey Ferguson

Não é apenas uma questão de publicidade. Muitas dessas empresas vendem produtos que eu nunca vi anunciados. Eu os relaciono a coisas boas sem nem ao menos saber por quê. Claro que a simpatia em certos casos é herdada. Rema 1000, por exemplo. Meu pai adora os supermercados Rema 1000. Ele compra tudo lá. Até o saco de dormir. Mas Statoil e Massey Ferguson? Não tenho a menor ideia de onde eu tirei isso.

Ou a publicidade é boa a ponto de criar uma ficção na qual eu imagino ter chegado a essa conclusão por conta própria ou a minha personalidade é mais receptiva do que o normal a nomes e marcas.

Talvez seja mais fácil escolher de uma vez por todas do que sentir-se confuso toda vez que precisamos comprar uma coisa nova.

Acho que nunca vou comprar um trator, mas se eu comprar, vai ser um Massey Ferguson. Simplesmente é assim.

Escrevo um cartão-postal para Lise e pergunto que trator ela compraria.

Quando termino o milkshake sentado num banco,

tenho uma ideia. É a ideia de um negócio.

Esse ambiente capitalista me inspira.

Minha ideia é um serviço telefônico.

Vou pesquisar sobre a forma de abrir um negócio desses.

Mas seria legal.

A maioria desses serviços são antipáticos e escrotos. Apelam ao nosso lado negro, a gente como Kent, o meu mau amigo. Apelam aos nossos impulsos e ao medo que temos da solidão.

Eu quero montar um serviço telefônico diferente. Uma empresa legal.

Para quem precisa dar um tempo. Para quem precisa ter por uns poucos minutos a sensação de que o mundo é bom.

Vou pedir a Børre que cante "Lille Kattepus" para eu gravar.

É uma boa canção.

Lille kattepus, hvor har du vært? Jeg har vært hos mammaen min.

Lille kattepus, hva gjorde du der? Jeg stjal melk fra mammaen min.

Lille kattepus, hva fikk du da? Jeg fikk ris på halen min.

Lille kattepus, hva sa du da? Mjau, mjau, halen min.

Posso criar meu serviço telefônico, pagar a Børre uma certa quantia, talvez mil coroas, e depois pôr um anúncio no *Dagbladet* e cobrar doze ou quinze coroas por minuto das pessoas que ligarem.

Pode render um bom dinheiro.

E eu tenho certeza de que um serviço desses supriria uma demanda. De que existe um mercado para isso.

Todo mundo já teve momentos difíceis. Momentos em que a falta de sentido chega de mansinho e de repente nos afunda no cinismo e na ironia. Momentos em que perdemos nossa crença no amor e em que tudo vai dar certo no final.

Nessas horas seria uma bênção ouvir a voz aguda e inocente de uma criança cantando uma bela canção sobre um gatinho.

Se esse serviço telefônico já existisse, eu teria sido um usuário assíduo. Talvez já tivesse deixado as dificuldades para trás.

Um serviço telefônico simpático e afetuoso.

Vou criar um nicho.

E, se der certo, posso expandir o negócio com mais canções.

"Fola fola blakken."

"Blåmann Blåmann, bukken min."

"Jeg vet en deilig have."

A lista é extensa.

Vou mencionar o assunto para o meu irmão. Talvez ele possa injetar o capital inicial e, se o negócio der certo, eu pago a dívida com um acréscimo generoso.

Minha ideia não é ficar rico. Não preciso de muito para viver. Só quero estar bem, e além disso quero um relógio bacana.

Se o lucro for grande, posso fazer doações para uma organização.

Estou muito satisfeito com a ideia.

É estranho que eu tenha precisado vir até os Estados Unidos para que ela surgisse.

O CAPACETE

Peguei um capacete de bicicleta.

É um capacete legal. Azul.

Durante a primeira meia hora eu estava bem entusiasmado por enfim ter arranjado um capacete para mim. E estava alegre com a ideia de mostrá-lo a Børre. Mas agora o capacete já não é mais tão legal. Essa história toda é meio besta.

O capacete não é meu. Eu peguei uma coisa que não é minha.

Meu irmão disse com todas as palavras que não queria ter nada a ver com essa história de capacete, mas que não ia se meter nas minhas escolhas pessoais. Penso no meu avô e na história da macieira e dos três rapazes. Me sinto como uma pessoa desequilibrada. Meio como um pobre-diabo.

Pareceu muito natural pegar o capacete. Acho que é isso que me assusta.

Eu e o meu irmão saímos de um museu onde vimos animais empalhados e objetos de todos os cantos do mundo.

Eu estava animado e falava sobre dinossauros, baleias e mamíferos africanos enquanto a gente caminhava. E também falava sobre um homem negro enorme que tinha me pedido para tirar uma fotografia dele em frente ao enorme urso-cinzento do Alasca.

O homem sabia tudo sobre ursos e tinha um respeito enorme por esses animais. Ele disse que se eu fizesse uma aterrissagem de emergência no Alasca, seria importante ficar o mais longe possível dos ursos-cinzentos. Eles atingem velocidades de até 55 quilômetros por hora e podem matar uma pessoa com um único golpe. Enquanto eu contava tudo isso para o meu irmão, vimos um carro estacionado com um capacete de bicicleta em cima do para-choque. Parei de repente. Depois olhei ao redor e em um instante construí uma história que poderia justificar que a partir daquele momento o capacete era meu.

Eu imaginei que era óbvio que um ciclista tinha perdido o capacete na rua e que alguém o havia encontrado e colocado em cima do carro para que não fosse atropelado por um ônibus ou por outro veículo qualquer. Também imaginei que eu estaria salvando aquele capacete ao pegá-lo, porque se eu o deixasse lá, com certeza cairia e seria esmagado quando o carro se pusesse em movimento.

Então eu peguei o capacete e o coloquei na minha mochila e continuei a falar com o meu irmão sobre assuntos totalmente diferentes. Mas à medida que o tempo passava eu sentia o capacete cada vez mais pesado e, quando chegamos em casa, estava superpesado.

E agora mesmo eu encontrei um nome e um número de telefone na parte interna do capacete. Isso não facilita nem um pouco as coisas. De repente o dono do capacete passa a ter um nome. O nome dele é José, e eu imagino um refugiado de Cuba que acabou de ganhar uma permissão de residência. Mas com certeza ele ainda não tem emprego. Mal e mal consegue pagar as contas. E o capacete foi sem dúvida um presente.

É realmente doloroso se ver nessa circunstância.

Acima de tudo eu sinto vontade de me afundar em um livro bem grosso sobre teoria do caos, mas o capacete está em cima do meu criado-mudo e insiste em existir. Cheguei até a colocá-lo na cabeça.

A situação como um todo é meio patética.

Preciso devolver o capacete, mas já é tarde demais para ligar para José ainda hoje. Agora eu coloco o capacete no chão para não precisar vê-lo assim que acordar.

Essas foram as coisas que eu vi hoje:

– Um homem de camisa branca que acendeu um cigarro numa escada de pedra enquanto relaxava pela primeira vez em muito tempo (ao menos era o que parecia)

– Uma cabine telefônica com dois fones pendurados pelos cabos

– Um homem com walkman que andava depressa pela parte do museu de história natural dedicada à evolução do homem

– Um rapaz no café que olhava para o nada toda vez que a namorada dele falava, mas que queria que ela olhasse para ele quando ele falava

– Um homem penteando o bigode

– Um homem tocando gaita de boca no meio da rua que não esboçou nenhuma reação quando foi quase atropelado por um caminhão

– Uma família de três alemães gordos que perguntou se tinha elevador para o segundo andar de um McDonald's

– Um homem de mãos dadas com outro homem

– Uma policial que passou muito tempo olhando para uma maçã

– Uma mulher cheia de sacolas que disse *please leave me alone* quando perguntei se ela queria ajuda para subir uma escada

O PAPELZINHO

Não consigo dormir.

Acho que manter o capacete é incompatível com ser um cara incrível.

E quando enfim pego outra vez no sono, sonho que ninguém gosta de mim.

É uma noite ruim.

A primeira coisa que faço ao acordar é ligar para José.

Explico quem eu sou e digo que encontrei o capacete e que ele pode buscá-lo com o porteiro do prédio onde estou morando.

José fica muito contente.

Ele agradece a minha gentileza. Diz que nunca imaginou conseguir o capacete de volta.

Que as pessoas em Nova York são como lobos.

Eu digo que não foi nada e que não há o que agradecer.

Meu irmão fica orgulhoso de mim e decide me pagar o café da manhã num restaurante chinês da vizinhança.

Eu tenho um sorriso de orelha a orelha.

De repente me sinto muito bem.

Me convenço de que me sinto melhor agora que devolvi o capacete do que eu teria me sentido se nunca o tivesse pegado. É bem estranho.

Estou comendo macarrão e falando sobre os meus planos para o serviço de televendas. Meu irmão reage com ceticismo, mas não me desincentiva, e não exclui a possibilidade de contribuir com um pequeno capital inicial.

Quando terminamos de comer, uma menina chinesa aparece com uma bandeja e a larga em cima da mesa. Na bandeja estão a conta e dois biscoitos da sorte.

Dentro dos biscoitos encontramos papeizinhos com uma pequena profecia.

O papelzinho do meu irmão diz: *You are the center of every group's attention.*

O meu papelzinho diz: *You will be advanced socially without any special effort.*

É uma ideia incrível. Praticamente um travesseiro.

Não inspira nenhum tipo de ação.

Mas é uma ideia boa.

Não preciso fazer nada. E mesmo assim vou conseguir o que eu quero. Ninguém poderia querer nada além disso.

MUITAS COISAS

Podem dizer muita coisa esquisita a respeito de Nova York, mas estou convencido de que a cidade é um dos poucos lugares do mundo onde se pode encontrar mais diversão do que você mesmo cria.

Hoje aconteceram muitas coisas.

Quatro estavam relacionadas ao tempo.

Primeiro eu encontrei esse cartão-postal.

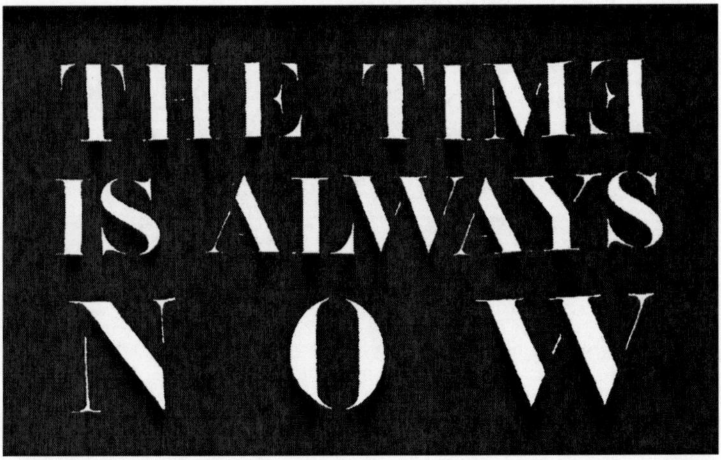

Depois vi um anúncio no *New York Times*.

Era um anúncio da Tiffany & Co. para um relógio chamado Tiffany Tesoro. O relógio custa 7.500 dólares.

Se bastante gente ligar para o meu serviço telefônico, pode ser que eu o compre.

Achei o texto do anúncio muito bom. Em especial quando fala sobre o som do ouro. Meu irmão também gostou.

What we remember
is what touches our heart.
A certain gesture.
The play of light.
The sound of gold.
The very moment itself.

Um pouco depois, quando eu e o meu irmão estamos a caminho do museu, passamos por uma garota que escrevia poemas em troca de dinheiro.

Ela disse que se eu pagasse qualquer valor entre cinco e vinte dólares ela escreveria um poema para mim.

Dei sete dólares para ela e disse que eu queria um poema sobre o tempo.

A garota passou dez minutos escrevendo.

O resultado foi um belo poema. Sei que seria possível trabalhá-lo mais um pouco, mas não precisamos ser o tempo inteiro tão críticos e arrogantes. E a garota pareceu muito simpática.

Aqui está o poema:

Time

Held here in the
hour glass of your
arms, sand cascading
through the body
of our love
I am,
temporarily suspended
out of time
in the comfort of
your skin,
the surety of
knowing when I turn over,
my elbow will jostle
your elbow.
And the sand
running through the
hourglass
is
from the
Beach of Eternity
And will never
Run Dry.

Tenney Walsh
"The Word Smyth"
© 1996
New York City

A quarta coisa relacionada ao tempo aconteceu no Museum of Television and Radio. Meu irmão estava assistindo a um programa antigo qualquer. Ele passou um bom tempo às voltas com aquilo, e eu já estava meio aborrecido.

Meio a troco de nada eu me sentei na frente de um computador e comecei a apertar as teclas. Não sei o que eu escrevi, mas pode ter sido Time, ou ainda Timex. De um jeito ou de outro, apareceram várias descrições de anúncios de relógio.

Foi um tiro na mosca.

Afinal, eu quero um relógio.

Passei muito tempo lendo sinopses de comerciais de relógios. Foi bom. Agora me sinto mais bem preparado para escolher um relógio quando a hora chegar. Aqui estão alguns dos resumos.

O primeiro:

Esse comercial mostra que o relógio Citizen tem estilo e que tem apelo para homens e mulheres sofisticados. Imagens de homens e mulheres que se preparam para encontrar uns aos outros passam enquanto a música "About a Quarter to Nine" toca ao fundo.

Slogan: *No other watch expresses time as beautifully.*

O segundo:

Nesse comercial da Seiko vários homens e várias

mulheres falam sobre como os relógios Seiko lhes indicaram o tempo de maneira confiável ao longo de muitos anos. Todos concordam que os relógios Seiko valem cada centavo.

Slogan: *Man invented time. Seiko perfected it.*

O terceiro:

Nesse comercial da Swatch uma jovem escuta uma fita cassete com uma lição de italiano enquanto se encontra sentada no quarto, pintando as unhas.

O quarto:

Nesse comercial da Timex um enorme relógio de pulso aparece ao lado de imagens de pessoas que trabalham e se divertem. Um voice-over explica que a Timex criou uma coleção de relógios para deixar os usuários orgulhosos. Se você precisa de um relógio para atividades esportivas, para momentos de lazer ou para o mundo de negócios, a Timex sempre tem um modelo adequado.

Slogan: *Bring the value of Timex Quartz into your world.*

O quinto:

Nesse comercial da Timex, John Cameron Swayze viaja a Acapulco para testar até que ponto um Timex é realmente à prova d'água. Enquanto Swayze olha, o mundialmente famoso mergulhador de grandes alturas

Raul García salta do alto de La Perla, o famoso penhasco de Acapulco, com um Timex na mão. Quando reaparece na superfície, o relógio ainda funciona.

Parece estranho que as pessoas comprem mais Timex do que qualquer outra marca de relógio no mundo?, pergunta Swayze.

O sexto:

Nesse comercial em preto e branco dos relógios esportivos TAG Heuer aparecem nadadores e outros atletas que lutam contra o tempo.

Slogan: *Success is a mind game.*

O sétimo:

Nesse comercial da Seiko aparece uma série de imagens de homens e mulheres que assumiram grandes responsabilidades, tanto em casa como no trabalho.

Slogan: *When people are counting on you, you can count on Seiko.*

Fiquei meio decepcionado por não encontrar nada da Rolex, e porque não havia nenhuma menção a relógios atômicos.

Mas tanto os relógios da Timex como os da Seiko e da TAG Heuer parecem interessantes.

O importante é não escolher o primeiro que aparecer pela frente.

Gostaria de saber que tipo de relógio Paul tem.

Sem dúvida é um relógio legal.

Talvez seja um relógio atômico.

Se pessoas também podem ter relógios atômicos, com certeza Paul tem um.

Sortudo do caramba.

Não é sempre que eu vivencio quatro coisas diferentes, todas relacionadas ao tempo. Pelo menos não em um único dia.

Com certeza vai levar um bom tempo até a próxima vez.

E além disso eu vi muitas outras coisas.

Começo a me sentir meio saturado.

Essas foram as coisas que vi:

– Um senhor que me agradeceu e me chamou de *brother* porque eu dei dinheiro para ele pagar o metrô

– Um garçom vietnamita que tentou explicar para o meu irmão que um dos caranguejos no menu tinha a casca dura e o outro tinha a casca mole

– Uma rua perto de Wall Street que estava fechada, onde vários corretores da bolsa jogavam beisebol

– Um latino-americano que andava de bicicleta numa marcha leve demais

– Uma reportagem de TV sobre as guitarras Fender, na qual um heavy rocker dizia que uma guitarra Fender é como uma mulher e merece ser tratada com gentileza e respeito

– Um grupo de homens com cerca de 40 anos que jogavam basquete, mas não eram tão bons quanto o meu pai

– Clint Eastwood chegando ao Museum of Modern Art de limusine

– Um homem com um terno bonito que ria e olhava para umas moedas que tinha na mão

– Uma mulher bem-vestida que xingou um ciclista de *asshole*

– Um senhor negro que estava sentado de guarda na frente de um elevador e gritou qualquer coisa para um outro homem, um amigo que passava, com uniforme verde

– Uma senhora que perguntou *are you going to make someone happy?* quando comprei flores para o pessoal que nos emprestou o apartamento

– Uma garota que chorava na TV porque a mãe nunca tinha sido gentil com ela e a chamava de gorda e feia e dizia que não queria mais ver a filha

– Um homem que bocejou um bocejo enorme

– Uma exposição em que um artista tinha pintado muitos quadros com um cachorro azul

– Um homem negro de uniforme vermelho que estava no Times Square gritando em um microfone: *Where is the love in our society today? There is no love*

O PRÉDIO

Agora eu e o meu irmão estamos jogando o jogo de Kim.

É aquele jogo em que primeiro você mostra uns objetos que estão no chão ou em cima de uma mesa e depois cobre tudo com um pano, e então a outra pessoa tem que lembrar o que estava lá.

O vencedor vai escolher o programa de hoje. Eu me lembrei de tudo, mas o meu irmão esqueceu uma boa parte.

Essas foram as coisas que ele esqueceu:

– O chaveiro de coelhinho dele mesmo

– Uma tampinha de cerveja

– Uma ficha de metrô

– Um balão

É sempre desagradável esquecer coisas óbvias. Quando levantei o pano depois de o meu irmão ter desistido e ele viu o chaveiro de coelhinho ele disse ah!, o chaveiro de coelhinho! de um jeito que me deu a entender que ele ficou bastante decepcionado com o próprio desempenho.

Eu o consolei e disse que ele era bom em várias outras coisas.

Todo mundo é o melhor em alguma coisa.

Meu irmão passou um tempo meio azedo, mas agora já esquecemos o assunto.

Estamos a caminho do Empire State Building.

À medida que nos aproximamos, tento explicar para o meu irmão como o tempo se relaciona com a gravidade, mas toda vez que eu abro a boca ele ergue a mão e balança a cabeça, como quem não quer saber daquilo.

Enquanto meu irmão compra os bilhetes eu anoto o número de um telefone público no térreo; 502 5803.

Tenho um plano.

Não penso em contá-lo para o meu irmão.

Precisamos entrar na fila para chegar ao elevador. Uma senhora à nossa frente tem uma brochura com informações sobre o prédio. Espio por cima do ombro dela. O prédio tem 443 metros de altura e 77 elevadores que andam a uma velocidade que vai de duzentos a quatrocentos metros por minuto.

Sei muito bem que o Empire State Building não é o prédio mais alto do mundo.

Não é sequer o prédio mais alto de Nova York.

Uns dias atrás o New York Times publicou um artigo sobre os arranha-céus. O artigo dizia que as Petronas Towers na Malásia são o prédio mais alto do mundo nesse momento. É a primeira vez em mais de cem anos que esse recorde não fica com os Estados Unidos. A Sears Tower em Chicago foi por muito tempo o prédio mais alto, mas um órgão chamado The Council on

Tall Buildings and Urban Habitat acaba de decidir que as antenas de TV não devem ser consideradas na medição da altura, e nesse caso o prédio da Malásia é o mais alto do mundo. Mas logo o World Financial Center vai ficar pronto em Xangai, e então vai assumir esse posto. O presidente do Council on Tall Buildings and Urban Habitat, dr. Lynn Beedle, não considera que esse seja um momento triste para a arquitetura americana, segundo o artigo. De acordo com a citação, ele disse: *No, no, no, there are still many great things about American buildings. Oh, many, many, great things.*

Para mim nada disso importa. O Empire State é o prédio mais importante do mundo. Foi esse o prédio que eu vi nos filmes. É esse o prédio que fica no coração de Nova York. É esse o prédio sobre o qual Paul escreve. Os outros podem ser tão altos quanto quiserem.

Agora estamos pegando o elevador. Poucos segundos depois sinto uma pressão nos meus ouvidos. O mostrador digital no interior da cabine conta os andares de dez em dez. Entre o quinquagésimo e sexagésimo andares passam-se apenas uns poucos segundos. Paul devia ter me visto nesse instante.

Tenho vontade de bater palmas.

A vista do topo é incrível. Dá pra ver tudo. O mar. A cidade. As montanhas no horizonte.

Meu irmão é muito sistemático. Ele demora bastante tempo e fica consultando o guia de viagem para descobrir o que são as coisas para os dois lados.

Ele quer apontar e explicar, mas eu me afasto um pouco.

Encontro um telefone público e me asseguro de que o meu irmão não está me vendo. E então ligo para o número do telefone público no térreo. O telefone chama. Quando uma voz atender eu quero perguntar se aquela pessoa sabe que o tempo passa um pouco mais depressa aqui no alto, onde estou, do que no térreo, onde ela está.

O telefone chama e chama. Por muito tempo.

Ninguém atende.

É frustrante pra caramba.

Deixo tocar mais um pouco.

De repente uma voz de homem atende.

Hello?, ele diz.

Hello, I'm calling from the top of the building, eu digo.

Yes?, diz o homem.

Are you aware that the time runs slightly faster at the top than it does at the bottom of this building?, pergunto.

No, diz o homem.

Well, it does, eu digo.

All right, diz o homem.

Are you impressed?, pergunto.

Not really, ele diz.

But that means that time doesn't exist, eu digo.

Oh yeah?, diz o homem.

So what do you think?, pergunto.

I couldn't care less, o homem responde, e então desliga.

Trouxa.

Como vingança eu coloco uma moeda num dos telescópios e foco na rua lá embaixo. A rua está cheia de pessoas e de carros.

Vejo um homem saindo de um banco. Ele tenta atacar um táxi ao mesmo tempo em que olha para o relógio.

E se parece com você e comigo. Um cara totalmente normal. Com certeza tem mulher e filhos e mora em uma casinha nas cidades-satélite. Faz tudo da melhor forma possível. Eu o acompanho com o olhar e penso: eu te vejo, mas você não me vê. A gente nunca vai se encontrar, mas tem uma coisa que eu gostaria que você soubesse. O meu tempo não é o mesmo que o seu. Nossos tempos não são os mesmos. Você tem o seu tempo e eu tenho o meu. Nossos instantes não são os mesmos. E sabe o que isso significa? Significa que o tempo não existe. Você quer que eu repita? O tempo não existe. A vida e a morte existem. As pessoas e os animais existem. Nossos pensamentos existem. E o mundo. O universo também. Mas o tempo não existe. Pode relaxar. Você não se sente melhor agora? Eu me sinto. Tudo vai dar certo. Tenha um bom dia.

Acompanho o homem com olhar até ele desaparecer.

Depois aponto o telescópio para cima, para além dos arranha-céus, cada vez mais alto. Para o céu. E sinto uma sensação muito boa se espalhar pelo meu corpo.

De certa forma já foi o bastante.

Não posso levar essa história toda muito além disso.

Já tive mais perspectiva do que eu havia sonhado.

Já vi o bastante.

Além do mais, tenho coisas para as quais eu quero retornar.

Lise.

Meu serviço de canções telefônicas.

A resposta de Paul.

Três coisas.

ÁRVORES

Hoje é nosso último dia em Nova York.

Compro um carrinho de brinquedo para Børre. O carrinho é verde e anda sozinho se você der corda.

Kim vai ganhar um livro sobre o clima de Nova York, e para Lise eu compro um caleidoscópio de bolso.

São 24 reflexos de tudo que eu vejo. Mesmo as coisas mais triviais aparecem como belos padrões.

Sou obrigado a reavaliar minha atitude em relação às coisas tão comuns que já não presto mais atenção a elas.

Como o meu irmão, por exemplo. Ele fica muito legal quando visto através do caleidoscópio. Diferente.

Lise com certeza vai gostar do presente.

Presentes são importantes.

Os presentes pequenos muitas vezes são melhores que os grandes. E os intermediários dificilmente são especiais.

No caminho de volta ao apartamento, passo por uns trabalhadores que estão serrando árvores e arbustos velhos e plantando novos. Grandes árvores estão deitadas na calçada à espera de serem plantadas no chão.

Me sinto feliz ao ver que alguém pensa nas árvores em uma cidade grande como essa.

Um pouco mais além encontro um fax com instruções para os trabalhadores. A folha traz instruções sobre quais árvores e arbustos devem ser cortados e quais devem ser plantados. O fax está no chão. Parece que já não tem mais utilidade. Os trabalhadores parecem saber o que fazer. Levo o fax comigo. Vou dá-lo para o meu avô. Ele vai ficar feliz de saber que alguém em Nova York se ocupa com árvores e arbustos.

MAY-01-96 WED 08:33

April 25th, 1996

Hudson St. Reconstruction Project #HWM-447W

Tree Species and Tree Count

			Spring	Fall
1.	Callery Pears (Aristocrat)	40	35	5
2.	Linden (Green Spire)	4	4	
3.	Willow Oak	5	5	
4.	Sophora (Regent)	23	20	3
5.	Ginko	5	4	1
6.	Locust (Shademaster/ Honey)	28	24	4
7.	Columnar Oak (Upright English)	2	2	
8.	London Plane	6	4	2
9.	Zelkova (Upright)	10	10	
10.	Flowering Crab Apple	2	2	
	~~X Wm. Lough's Count~~			
	*Total Trees per contract =	158	~~124~~	15
	*Total Shrubs per contract =	350	120? now	

73

**Canal St. calls for 302 Shrubs, excess will be placed @ Abingdon Sq.

This needs to be calculated agin

MAY-01-96 WED 08:34

ES / SS
304 Hudson/Vandam 6" CP Dead

Tree/Stump Removal Prior to Planting:

60 Hudson & Thomas St. E/S	4" Dead Ginko OUT
N/E/C Canal & Hudson	13" London Plane (not during rush hour)
426 Hudson & St. Lukes	4" Dead Callery Pear
200 Hudson ES	2-4" CPr
7 Grove St. E/S	12" Remove Stump
304-310 Hudson ES	2-4" CPr
Bleeker St. E/S betw. W.11th to 8th Ave. Remove the following:	HPR ~~13" London Plane~~ HPR ~~6" London Plane~~ ~~4" Honey Locust~~ OUT ~~4" Honey Locust~~ OUT
641 Hudson @ Horatio St. W/S	8" Stump
649 Hudson W/S	4" Ash
503 - 507 Hudson W/S	4" Honey Locust 4" Honey Locust
567 Hudson	1 CP

ITEM # 4.16 AA -- 13
4.16 AB -- 3
4.16 AC -- 1

add

N/S BEACH ST AT TRIBECA PARK — 6" SJ 80% dead Remove

61 JANE ST — 5" PO

April 25th, 1996

Hudson St. Reconstruction Project #HWM-447W

Re: Tree Locations, Dimensions and Species

OFF-SITE, CB#1

TriBeCa Park? N/S Beach St. (remove 6" SJ) 1 Sophora
W. Broadway Beach St. to Moore St.

1 Walker St. (Opp. 250 W. B'way)			1 Callery Pear
#250 W. B'way	W/S	Cut	1 Locust
#249 W. B'way	E/S	Cut	2 Callery Pear
#241 W. B'way	E/S	Cut	1 Zelkova
#235 W. B'way		Cut	1 Locust
N/S of White St. (relocate planter)		Cut	1 Locust
#234 W. B'way	W/S	Cut	1 Sophora
#228 W. B'way	W/S	Cut	1 Callery Pear
Parking Lot	W/S		1 Callery Pear

Finn Square (@ W.B'way, Varick & Franklin) 2 Flowering Crab Apple

W. B'way: Franklin to Leonard St.

W. B'way E/S (Con-Ed)	Cut	2 Zelkova
#33 W.B'way W/S on B'way	Cut	1 Callery Pear
#33 W.B"way W/S (diner)	Cut	1 Callery Pear

Leonard St. W. B'way to Church St.

Leonard St. S/S (parking Lot)	Cut	3 Callery Pear
	Cut	3 Honey Locust

*Other: existing TP @ 348B Greenwich W/S 1 Honey locust
excavate TP @ 61 W. Greenwich 2 Sophora
EXISTING

Hudson St. Tree Location/Species
CON'T Pg.6

Charles to Perry St.

#535 Hudson (CUT 5'x 10') 1 Willow Oak
opp. 535 Hudson E/S (CUT PIT 5'x 10') 1 Linden

#541 Hudson W/S 1 Linden

NOTE (548) Bluestone around tree, ABORIST - MUST BE PRESENT

*Careful when sidewalk work done E/S

Perry to W. 11th St.

#567 Hudson W/S (remove dead tree) 1 Callery Pear

W. 11th. St. E of Hudson

N/S W. 11th (Remove sign post) Existing Pit 1 Zelkova

W. 11th. St to Bank St. (see Sht. 81 of 96)

#571 Hudson W/S 1 Callery Pear

#575 Hudson W/S 1 Callery Pear

#579 Hudson W/S 1 Callery Pear

#581 Hudson W/S 1 Callery Pear

CUT ALL ABOVE

Bank to Bethune

#585 Hudson W/S 1 Ginko between other 2 Ginko's
****
FALL MAKE NEW PIT*
****

Opp. #82 Bank N/S Bank (CUT SIDES of PIT) 1 Honey Locust

MAY-01-96 WED 08:35

Hudson St. Tree Location/Species
CON'T Pg.5

#432 Hudson E/S 1 Ginko

*1 possible @ N/S 69 Morton St. (Cut 5'x 5') 5/2 (1) ~~Sophora~~ LOCUST

#436 Hudson St. S/S Morton E of Hudson 5/6 (1) ~~Locust~~ LOCUST

Morton to Barrow St.

#451 Hudson W/S 1 Willow Oak

#455 Hudson W/S 5/7 (1) Callery Pear

#460 Hudson E/S FALL 1 Callery Pear

****

#452 Hudson E/S (Cut 5'x 10') FALL 1 Honey Locust*
#462 Hudson E/S until Bus Stop relocated) 1 Callery Pear*

****

Barrow to Grove St.

#479 Hudson W/S (St. Lukes) 1 Sophora
5/7 (1) Locust

#2 Grove St. E/S of Hudson 5/7 (2) Honey Locust
Remove 1-12' Oak Stump

Grove to Christopher St.

#490 Hudson E/S (PS 3) 5/7 (2) Locust

St. Luke's W/S (just So.of Christopher) 1 Willow Oak

opp. #496 Hudson W/S (Cut Sidewalk) 5'x10' (1) Honey Locust

Christopher to W. 10th St. 5/7

#254 W.10th & Hudson W/S 5/7 (1) Callery Pear
#254 W.10th.on 10th S/S (CUT Sidewalk 5' x 10') 5/7 (1) Callery Pear

W. 10th St. to Charles St.

#519 Hudson W/S 5/7 (1) Callery Pear

#524 Hudson on N/S w.10th St. (CUT 5'x 5') 1 Ginko

#532 Hudson E/S 1 Willow Oak

As árvores são das coisas mais bonitas que existem.

Água, árvores e garotas.

Eu costumava passar os dias subindo em árvores. E muitas vezes simplesmente ficava lá, sentado no alto de uma árvore. Por horas. No verão, quando a folhagem da copa estava bem densa, ninguém me via. Eu via todo mundo, mas ninguém me via.

Eu me sentia como se estivesse muito longe. E, quando eu descia, era meio como voltar para casa ao fim de uma longa viagem.

E eu fazia balanços. Eu sabia fazer balanços superbons. Eu subia até o alto e amarrava a corda bem firme num galho. E depois me balançava.

E cuspia. Era sempre muito bom cuspir enquanto eu me balançava. Quando eu bebia leite o cuspe ficava bem grosso. Eu cuspia cuspes incrivelmente longos do balanço.

Tenho que voltar a andar de balanço.

Da próxima vez que eu tiver dinheiro, vou a uma loja de artigos esportivos comprar cinquenta metros de corda de escalada e depois vou procurar uma árvore bem grande, de preferência à beira d'água, e fazer um balanço com um pêndulo enorme, e talvez pular do balanço para dentro d'água.

Enquanto Lise me olha.

Seria muito bom.

Agora meu irmão me diz que preciso me apressar e fazer as malas.

Vamos voltar para casa. Vamos pegar um avião e voltar para a Noruega.

Eu vou para casa pôr minha perspectiva à prova.

Quando ponho o conjunto de martelar na mala, meu irmão admite que o pegou emprestado duas ou três vezes quando eu não estava em casa.

Em contrapartida ele gostaria que eu admitisse que a viagem me fez bem. Eu admito.

A viagem me fez muito bem.

Eu vi um monte de coisas. E tanto pensei como não pensei.

Nos melhores momentos eu estava completamente despreocupado, sem pensar em nada. Tivemos umas sessões de frisbee no parque que foram quase uma experiência zen. Agradeço ao meu irmão por essas sessões de frisbee. E por toda a viagem. Afinal, não saiu de graça.

Meu irmão diz que não tenho o que agradecer.

Ele diz que estou com uma cara boa. Isso é o mais importante. Dinheiro não é importante. Dinheiro vem e vai. Mas os irmãos são importantes.

Os irmãos são mais importantes do que dinheiro, diz o meu irmão.

VIAGEM

Estamos sentados no avião.

Tudo abaixo da gente é mar. Água.

Estou de barriga cheia e com sono. E tenho um sorriso no rosto.

Alguma coisa mudou.

Ainda não sei como tudo se encaixa, nem se tudo vai dar certo no final.

Mas acho que as coisas têm um sentido.

Eu acredito na purificação da alma através da brincadeira e da diversão.

E também acredito no amor.

E tenho muitos bons amigos, e só um mau amigo.

E meu irmão é pelo menos tão simpático quanto eu.

Agora ele está dormindo.

Dessa vez eu fiquei com o assento da janela.

Lá fora está escuro. Mas logo o dia vai raiar.

Estamos voando em direção à luz.

Agora eu bebo um gole d'água e torço para que a vida dure por muito tempo.

Também torço para que Paul tenha me escrito uma resposta. Talvez ele tenha explicado tudo. Assim eu posso relaxar e esquecer tudo que tem a ver com o espaço e o tempo.

Quando eu chegar em casa vou comprar um capacete de bicicleta. E vou ligar para Lise e dizer que eu acho que a vida é meio como uma viagem, e que talvez, talvez, eu seja um cara incrível.

A RESPOSTA

Prof. Paul Davies,22-05-96 04:18,Re: writers question/time and the meaning 1

From: "Prof. Paul Davies" <pdavies@physics.adelaide.edu.au>
Subject: Re: writers question/time and the meaning of life (no less)
To: erlend@os.telia.no (Erlend Loe)
Date: Wed, 22 May 1996 13:48:13 +0930 (CST)
Mime-Version: 1.0

Thank you for your enquiry. Since Professor Davies started receiving several such queries per day, he has had to adopt a policy of not offering advice. I hope you will understand.

Yours sincerely,

Heather Duff
Assistant to Paul Davies

Obrigado à minha família,
a Even, o meu irmão mais novo, e
a Kim, Egil, Kjetil e Alice.

2019 © Numa Editora
2019 © Erlend Loe

Ingênuo. Super
Naiv. Super (Original)
Erlend Loe

Conselho editorial:
Adriana Maciel
Fred Coelho
Lia Duarte
Marina Mendes
Mauro Gaspar
Raïssa de Góes

Edição: Adriana Maciel
Produção editorial: Marina Mendes
Tradução: Guilherme da Silva Braga
Preparação: Mariana Donner
Projeto gráfico e capa: Design de Atelier/Fernanda Soares
Imagem de capa: Fernanda Soares

Essa tradução foi publicada com o apoio financeiro da Norla.
This translation has been published with the financial support of NORLA.

NORLA

L825i
Loe, Erland -
Ingênuo. Super / Erland Loe; tradução: Guilherme da Silva Braga
Numa, 2019.
254 p.; 21 cm.

ISBN 978-85-67477-41-1

1. Literatura norueguesa. I. Guilherme da Silva Braga. II. Título.

CDD: 839.823

Numa Editora
www.numaeditora.com
contato@numaeditora.com
Instagram.com/numaeditora

Esse livro foi composto em Georgia, impresso em papel Pólen White 80g/m^2, pela gráfica Eskenazi em março de 2020.